VE**RE**DAS

Álvaro Cardoso Gomes

Para tão longo amor

3ª edição

© ÁLVARO CARDOSO GOMES, 2013
1ª edição 1994
2ª edição 2003

COORDENAÇÃO EDITORIAL	Maristela Petrili de Almeida Leite
EDIÇÃO DE TEXTO	Carolina Leite de Souza, Marília Mendes
COORDENAÇÃO DE PRODUÇÃO GRÁFICA	Dalva Fumiko
COORDENAÇÃO DE REVISÃO	Elaine Cristina del Nero
REVISÃO	Nair Hitomi Kayo
COORDENAÇÃO DE EDIÇÃO DE ARTE	Camila Fiorenza
DIAGRAMAÇÃO	Cristina Uetake, Elisa Nogueira
PRÉ-IMPRESSÃO	Alexandre Petreca
COORDENAÇÃO DE PRODUÇÃO INDUSTRIAL	Arlete Bacic de Araújo Silva
IMPRESSÃO E ACABAMENTO	LIS grafica
LOTE	774627
COD	12084615

Dados Internacionais de Catalogação na Publicação (CIP)
(Câmara Brasileira do Livro, SP, Brasil)

Gomes, Álvaro Cardoso
  Para tão longo amor / Álvaro Cardoso Gomes. —
3. ed. — São Paulo : Moderna, 2013. —
(Coleção veredas)

  1. Literatura infantojuvenil I. Título. II. Série.

ISBN 978-85-16-08461-5

12-13977   CDD-028.5

Índices para catálogo sistemático:
1. Literatura infantojuvenil 028.5
2. Literatura juvenil 028.5

Reprodução proibida. Art.184 do Código Penal e Lei 9.610 de 19 de fevereiro de 1998.

Todos os direitos reservados

EDITORA MODERNA LTDA.
Rua Padre Adelino, 758 - Belenzinho
São Paulo - SP - Brasil - CEP 03303-904
Vendas e Atendimento: Tel. (11) 2790-1300
Fax (11) 2790-1501
www.modernaliteratura.com.br
2023

Para tão longo amor tão curta a vida!

Camões

Este livro é dedicado amorosamente
às minhas meninas — Melissa, Maya e Beatriz.

Esta é uma história de amor. Uma história de amor um pouco triste. Mas é uma história de amor verdadeira, vivida pelo Toninho, colega meu dos tempos da escola.

Sou escritor. Duas ou três vezes por mês, costumo visitar escolas da capital e do interior para falar sobre meus livros. Gosto muito de fazer isso. É um modo de a gente descobrir o quanto é amado por pessoas que nunca viu na vida. Mas essas viagens também são boas porque, de vez em quando, acabo achando assunto para novas histórias. Como aconteceu quando me encontrei com o Toninho.

Numa de minhas viagens, fui até Americana. Vivi nessa cidade dos catorze aos dezenove anos. Depois vim para São Paulo, minha família mudou-se de lá, e meus amigos dispersaram-se pelo mundo. De modo que eu não tinha mais nenhum laço com a cidade. Até que surgiu a oportunidade de voltar ao velho Colégio Presidente Kennedy, onde estudei, para fazer uma palestra.

Para falar a verdade, nem me lembrava mais do Toninho. E se não fosse a filha desse meu amigo, eu teria ido embora de Americana sem falar com ele. E esta história que conto agora seria apenas uma lembrança na cabeça do Toninho. Mas sua filha veio conversar comigo depois da palestra. O resultado: acabei ficando na cidade para jantar com meu amigo, tivemos uma longa conversa noite adentro e voltei para São Paulo com uma história comovente na cabeça.

Mas estou me adiantando aos fatos. Antes disso, muita coisa aconteceu. Fui recebido com festa na escola, dei minha palestra e, como de costume, respondi a várias perguntas dos alunos. No final de tudo, quando estava terminando de autografar os livros, uma menina se aproximou com um exemplar de *A hora do amor*. Autografei o livro, e ela me disse:

— Meu pai conhece o senhor.

— Quem é seu pai?

— O Toninho.

— Toninho? Que Toninho?

— O nome dele inteiro é Antônio Carlos Fonseca. Disse que estudou com o senhor aqui no Presidente Kennedy.

"Toninho", pensei comigo mesmo. "Mas quem seria esse Toninho?" Para não desapontar a menina, eu disse:

7

— Ah, o Toninho... Me lembro, sim... — menti, porque, na verdade, não me lembrava dele.

— Ele disse que gosta muito do senhor.

— Eu também gosto muito dele... — tornei a mentir.

A menina olhou para mim e sorriu. Ela parecia sem graça, como se quisesse falar alguma coisa e estivesse com vergonha.

— Adorei seu livro! Chorei tanto na hora em que a mãe do Beto morreu... — ela acabou por me dizer, emocionada.

— Que bom que você gostou. Fico feliz de saber que meu livro tocou você assim...

A menina abaixou a cabeça, levantou a cabeça, sorriu de novo e me perguntou:

— Se eu pedisse uma coisa pro senhor, o senhor faria pra mim?

Eu ia dizer "depende", mas tinha gostado tanto da carinha dela que falei:

— Claro. O que você quiser.

— Se eu convidasse o senhor pra jantar em casa, o senhor aceitaria?

Foi a vez de eu ficar sem graça. O que ia dizer para a garota?

— Agora complicou. Preciso voltar pra São Paulo ainda hoje, meu bem.

Eu não estava mentindo: minha família de fato me esperava, e eu tinha alguns negócios para resolver...

— Por favor — disse a menina. — Foi meu pai que convidou. Ele vai ficar muito contente.

— Preciso voltar pra São Paulo ainda hoje... — tornei a dizer.

E ela desembestou a falar, toda excitada:

— A gente vai ficar feliz. Sabe, eu tenho mais dois irmãos, e todos gostam muito do senhor. E, depois, mamãe faz uma comida deliciosa. E a gente mora num lugar muito bonito...

Puxa vida, o que custava mudar meus planos? No dia seguinte era sábado, e eu não teria que trabalhar. E meus negócios não eram tão importantes assim. Podia dormir em Americana na sexta e embarcar sábado de manhã para São Paulo. Depois de uma hora e meia de ônibus, estaria em casa.

Enquanto eu pensava nisso tudo, a menina continuava a olhar para mim. E acho que foi esse olhar que me fez decidir, embora também estivesse muito curioso para saber quem era o tal de Toninho.

— Então, o senhor aceita?

— Você venceu — eu disse. — Mas tem certeza mesmo de que sua família está me esperando?

Fiz essa última pergunta porque sei que, às vezes, as crianças imaginam coisas. Já pensou eu aparecendo na casa do tal de Toninho, que podia nem saber quem eu era?

— Claro — disse a menina —, papai que falou pra eu convidar o senhor.

— Vamos fazer o seguinte: vou para o hotel e fico esperando uma ligação de seu pai. Está bem assim?

— Legal. Falo isso pra ele.

A menina ficou tão feliz que deu um gritinho de satisfação. Mas parecia que ela queria me fazer outra pergunta.

— Então... — eu disse para encorajá-la.

Ela se animou e perguntou:

— Qual seu doce preferido?

— Meu doce? Como assim?

— A sobremesa que o senhor mais gosta...

— Para falar a verdade, não gosto muito de doce.

A menina pareceu desapontada, mas voltou logo a sorrir e disse, enquanto se dirigia para a saída da escola:

— Duvido que o senhor não goste do pudim de ameixa da mamãe.

À tarde, o tal do Toninho me ligou no hotel e disse que me pegaria às seis. Telefonei então para minha mulher, avisando-a que passaria a noite de sexta em Americana. Ela reclamou um pouco, mas depois que expliquei a situação, acabou me liberando.

Deixei o hotel e fui dar uma volta pela cidade. E, enquanto andava, fiquei imaginando quem poderia ser esse Toninho. Conheci muitos Toninhos em minha vida, mas não me lembrava de nenhum deles do tempo da escola. Afinal, fazia perto de trinta anos que eu tinha ido embora de Americana, para estudar em São Paulo.

Voltei ao hotel e fui tomar um banho. Às seis em ponto, o telefone tocou. Desci as escadas e, foi chegar ao saguão, reconheci o Toninho de imediato. Era um homem de meia-idade como eu, só que muito mais forte, muito mais alto. Era loiro, com os olhos de uma cor acinzentada. Seus cabelos estavam rareando. Sorria de um modo franco, mas parecia intimidado comigo.

Veio-me, então, à mente a imagem de um rapaz calado, que costumava sentar-se no fundo da classe. Mas, fora isso, não consegui me lembrar de mais nada do Toninho. Na realidade, não cheguei propriamente a ser seu amigo. Vivi muito pouco tempo em Americana. E, depois que fui morar em São Paulo, nunca mais o vi. Mas eu havia causado uma forte impressão nele quando éramos colegas. E só vim a saber disso naquela noite que passei em sua casa.

Esta é uma das coisas interessantes da vida. Às vezes, temos um contato superficial com uma pessoa e nem desconfiamos da impressão que causamos nela. De modo geral, achamos que só causamos impressões muito fortes nos amigos ou nas pessoas a quem amamos. Não é verdade. A coisa mais fácil é causar uma grande impressão numa pessoa que teve um contato bem superficial com a gente. Foi o caso do Toninho. E isso explica por que fez questão de que eu fosse jantar em sua casa. Enquanto me esquecera dele, o Toninho lembrava-se de mim, como se os anos não tivessem passado.

Entramos no carro, e ele começou a falar com entusiasmo:

— Li todos os seus livros, Álvaro. Não posso dizer que sou seu fã número 1, porque senão a Ana Lúcia me mata.

— Ana Lúcia?... — perguntei.

— A minha filha, a que falou com você.

— Ah, tinha me esquecido...

Depois, como reparasse que o Toninho estava saindo de Americana, perguntei se ele morava fora da cidade.

— Oh, desculpe — ele disse. — Esqueci de dizer que vamos pro meu sítio...

O Toninho entrou na via Anhanguera, acelerou o carro e continuou a explicar:

— É um lugar calmo, muito bonito. Tenho certeza de que você vai gostar... Lá podemos jantar sossegados, bater um bom papo.

A casa do Toninho era mesmo muito bonita. Ficava às margens da represa, em meio a um bosque de ipês-amarelos. Tinha uma varanda, com redes e cadeiras de vime que eram um convite ao descanso.

Paramos diante da porta, e ele disse, me cedendo a passagem:

— Sinta-se como se a casa fosse toda sua.

Fui então apresentado à Sandra, sua mulher, ao Flávio e ao Cláudio, os irmãos menores da Ana Lúcia. Nem preciso dizer que eles nem sabiam o que fazer comigo. Sou uma pessoa simples, mas, como também sou tímido, muitas vezes as pessoas pensam que gosto de cerimônia. Mas não demorou muito, logo já estávamos à vontade. O Toninho foi para a cozinha ajudar a Sandra, deixando-me na sala com um copo de uísque e pratos com queijo e amendoim. A Ana Lúcia aproveitou para me mostrar sua pequena biblioteca com todos os meus livros, e os meninos trouxeram os carrinhos para eu brincar com eles.

Foi a Sandra entrar na sala com uma travessa na mão, e já começou a ficar brava com os meninos:

— Mas o que que é isso? Deixem o Álvaro em paz!

— Não tem nada de mais — disse. — Gosto de brincar com crianças.

— Se você bobear — interveio o Toninho com bom humor —, vão alugar você pelo resto da noite.

Enquanto jantávamos, começamos a conversar sobre os velhos tempos. Falamos sobre a escola, a diretora que era brava como o diabo, os professores, os colegas. Demos tantas risadas quando lembramos dos tipos engraçados, como o Carniça, o Cetáceo, o Jamanta, o Bagulhão. Esses eram os apelidos de gente que nunca mais vi, mas que acabaram se tornando personagens inesquecíveis de meus livros.

Mas às vezes o Toninho ficava sério e dizia:

— Agora, vocês precisavam ver as redações que o Álvaro fazia. Cada uma mais bacana que a outra. Você se lembra de uma história de terror que escreveu? Deixou todo mundo assustado...

Como é que eu podia lembrar? O Toninho pôs a mão sobre meu braço e disse:

14

— Sabe, Álvaro, sou meio burrão, nunca aprendi a escrever direito, mas sempre soube que você ia ser um escritor.

E, para minha surpresa, o Toninho contou sobre uma estranha redação que eu tinha escrito não sei quando e de que não me lembrava mais. Contava de um mundo em que as pessoas eram como frutos dependurados nas árvores, os cães e gatos tocavam piano, e os peixes usavam pequenos escafandros para poder andar fora dos rios... Era uma coisa doida, sem pé nem cabeça, mas que fez todos rirem até não poder mais.

Terminado o jantar, fomos para a varanda. Fazia uma noite maravilhosa. O céu estava limpo, cheio de estrelas. A água da represa ondeava sob a brisa quente e perfumada, refletindo o disco prateado da lua. Ouvia-se o cricrilar dos grilos e, de vez em quando, o pio de uma ave noturna.

Eu me sentia tão bem, sentado numa cadeira confortável, saboreando um café delicioso, conversando com aquela gente carinhosa. Falei sobre minha ida para São Paulo, os anos de luta na cidade grande. Contei episódios engraçados de meu primeiro emprego num banco, dos anos da faculdade. Também contei como tinha virado escritor, as dificuldades para começar a publicar, e resumi algumas histórias que trazia na cabeça para um futuro livro.

Com isso, o tempo foi passando. Os meninos, encolhidos e abraçados, dormiam num sofá de vime. Ana Lúcia, ainda que interessada na conversa, já havia bocejado umas duas vezes. Olhei para o relógio e disse:

— Acho que está na hora de ir.

O Toninho se apressou a dizer:

— Que nada, Álvaro, é cedo ainda.

— Quase onze horas — falei, mostrando o relógio.

O olhar do Toninho se iluminou e ele me perguntou:

— Escuta uma coisa, Álvaro, por que você não passa a noite aqui com a gente?

O convite era tentador. A noite estava linda, a companhia era agradável e eu me sentia bem como nunca.

— Isso mesmo — disse a Sandra. — Você come mais um pedaço de pudim, faço mais um café...

— Acontece que vocês devem estar cansados. Além disso, minhas coisas estão no hotel.

— Que cansado o quê — disse o Toninho. — Amanhã é sábado, dia de descanso. Quanto às suas coisas, mando o caseiro buscar ainda hoje.

E, sem esperar que eu respondesse, o Toninho saiu para falar com o caseiro. A Sandra olhou para mim e sorriu.

— Você não tem outra coisa a fazer senão concordar.

Dei uma risada e disse:

— Pra falar a verdade, concordo com prazer. Acho que nada neste mundo me tiraria hoje desta cadeira.

A Sandra levantou-se e disse:

— Então, vou providenciar outro café e arrumar seu quarto.

Continuamos a conversar até perto da meia-noite. Os meninos já tinham sido levados para o quarto. A Ana Lúcia havia adormecido no colo da mãe. Eu estava também pensando em ir para a cama. Não porque tivesse sono. Na verdade, estava aceso como nunca. É que eu não sabia se os donos da casa continuavam acordados só por minha causa. Mas o Toninho parecia tão entusiasmado conversando comigo, que eu ia ficando.

Mas uma hora a Sandra se levantou e disse:

— Álvaro, você me desculpe, mas vou dormir. Amanhã bem cedo tenho que levar a Ana pra uma festinha na escola...

Ela se despediu de mim, abaixou-se para beijar o Toninho e falou:

— Vê se não aluga o Álvaro, hein! Ele deve estar cansado.

— Só mais um pouquinho, amor. Daqui a pouco vou dormir.

— O Toninho é assim mesmo. Quando pega alguém pra conversar, não para mais — ela disse já da porta.

A Sandra foi para dentro com a Ana Lúcia no colo. O Toninho me perguntou:

— Você não está com sono, não é?

— De jeito nenhum. Ficaria a noite inteira conversando.

— Então, deixa eu pegar uma cerveja pra gente. Faz calor, e uma brejinha gelada...

Começamos a beber em silêncio. Parecia que tínhamos esgotado toda a conversa. Mesmo assim era tão bom estar sentado naquela varanda, ouvindo os ruídos da noite e bebendo uma cerveja gelada.

— Que bela vida você tem, hein, Toninho? — eu disse quase sem pensar, quebrando o silêncio.

— Não posso me queixar.

— Uma família maravilhosa, uma casa tão linda... O que mais alguém precisa?

— Realmente, você tem razão. Não posso mesmo me queixar da vida. Mas nem sempre as coisas correram tão bem assim.

Olhei para o Toninho, porque ele tinha dito aquilo com certa amargura na voz.

— Como assim? — perguntei.

— Bem — ele explicou —, é uma longa história. Hoje, posso dizer que sou muito feliz. Tenho a Sandra, que eu amo, as crianças, mas aconteceram algumas coisas em minha vida...

Tornei a olhar para o Toninho, que estava com a cabeça baixa, como se pensasse em alguma coisa. Ele levantou a cabeça e vi que, no fundo de seus olhos, havia uma luz diferente. O que teria acontecido ao Toninho no passado que o havia deixado assim tão triste?

— Posso saber o que foi?

Ele fez uma breve pausa e perguntou, em seguida:

— Você tem paciência pra ouvir uma longa história?

— Claro, Toninho. Não estamos aqui pra conversar? — disse isso com toda sinceridade possível.

Afinal, ele havia excitado minha curiosidade com aquela proposta.

O Toninho acomodou-se melhor na cadeira, bebeu mais um gole de cerveja e começou a contar a história:

Volto a lhe dizer que amo a Sandra, que ela é tudo para mim na vida. Sou feliz, digo isso de boca cheia, mas certas coisas do passado não consigo apagar. Certas coisas que ainda estão muito vivas dentro de mim, apesar de trinta anos já terem se passado depois de tudo que aconteceu.

O Toninho calou-se e ficou algum tempo olhando para a represa, como se tentasse organizar o pensamento. Em seguida, continuou:

Tive uma adolescência difícil. Era um menino rebelde, de mal com a vida, de poucas amizades. Em casa, as coisas não iam nada bem: papai havia perdido o emprego, e a gente não tinha dinheiro para quase nada.

Se fosse só esse problema até que se dava um jeito. Mas, com isso, ele começou a beber. Chegava tarde em casa, sempre de mau humor e descontava tudo em mim e em mamãe. Mamãe, coitada, parecia uma mosca morta. Ouvia as reclamações dele de cabeça baixa ou então chorava. Eu ficava louco da vida com aquilo, porque a gente não tinha nada a ver com os rolos de papai.

Lembro que ele reclamava de tudo. Até da comida. Quando algo não lhe agradava, costumava dizer com estupidez:

— Só tem arroz com linguiça? Outra vez? Não quero comer essa droga.

E saía para a rua, batendo a porta com força.

Divertimento, eu não sabia o que era. Há quanto tempo não ia a um cinema! A um baile então, nem se fala. Papai não pagava mais as mensalidades do clube Rio Branco. E, como eu era uma pessoa meio enrustida, quase não tinha amigos. Por isso mesmo era difícil ser convidado para uma festinha.

Eu podia dizer que minha vida era mesmo um inferno. Papai e mamãe mal conversavam. Quando conversavam era para brigar. Na escola era outro inferno. Eu vivia matando aula, não estudava, não respeitava ninguém. Quantas e quantas vezes não era suspenso por ter brigado no pátio ou por ter respondido a um professor!

Eu não gostava de ninguém, eu não gostava de mim. E uma forma de mostrar que não gostava de mim era piorar o que eu tinha de pior. Com isso, não podia mesmo ser amado pelas pessoas.

Assim mesmo, ficava na minha, sem me meter com ninguém. Mas odiava ser provocado. Quando me provocavam, ficava uma fera e brigava por qualquer motivo. O resultado: quantas e quantas vezes não apanhei que nem cachorro vadio. Como aconteceu quando enfrentei o Clóvis...

— Clóvis? Que Clóvis? — interrompi o Toninho.
— O Clóvis Teixeira. Um grandalhão que se achava o bom.
— Ah, me lembro dele. Um cabeludo, que morava perto da estação de trem.
— Esse mesmo.
— Nunca gostei daquele cara.
— Não era só você que não gostava — acrescentou o Toninho, franzindo os lábios, com desprezo.

Pois então, fui encrencar justo com o Clóvis, ou melhor, o Clóvis veio encrencar comigo. No recreio, esbarrei nele e, sem que esperasse, levei um tabefe na orelha. E eu, em vez de ficar quieto, revidei.
— Te espero na saída — ele disse. — Vai ver com quantos paus se faz uma canoa.

Naquele tempo, eu era magro que nem um palito e sabia que o Clóvis ia me massacrar. Mas era também muito orgulhoso. Nunca que ia amarelar.

Na saída da escola, o bestinha do Macedo me disse que, se eu fugisse, ninguém ia levar a mal, porque todo mundo conhecia o Clóvis. Sabia que ele estava me propondo isso, para depois contar que eu era um covarde.

— Não vou fugir coisa nenhuma.

— Então, vai apanhar pra burro.

Dei de ombros.

— Na hora, a gente vê quem pode mais.

— Está na cara que ele pode mais.

O Macedo tinha razão, mas nunca eu ia mostrar que estava com medo do Clóvis. E, para falar a verdade, o medo havia passado. Só de saber que ia apanhar de cabeça erguida, já estava contente. Ninguém iria dizer que eu era um covarde.

O Clóvis me esperava na pracinha em frente à escola. Logo de cara foi me gozando:

— O nervosinho está pronto pra apanhar?

Eu sabia que ia apanhar mesmo, e que nada neste mundo podia me salvar. Mas não queria apanhar à toa. Por isso, antes que o Clóvis tomasse a iniciativa, lhe dei um soco no nariz. O sangue espirrou, e ele recuou. Mas se recuperou logo. Limpou o sangue com as costas da mão e disse:

— Ia te bater só um pouquinho. Por causa disso, vou te quebrar todos os ossos.

E veio com tudo para cima de mim. O Clóvis brigava mal, mas, com a força que tinha, isso nem contava. Um murro passou assobiando perto da minha orelha e um pontapé me pegou de raspão na canela. Fui recuando e fazendo esquivas. De vez em quando, colocava um murro certeiro. Na boca, na orelha dele. Mas o cara parecia um bloco de pedra, continuava firme atrás de mim. E uma hora ele me acertou em cheio. Vi estrelas. Caí de costas, e o Clóvis se aproveitou para me prender entre as pernas. Protegi a cara com os braços. O Clóvis, sempre me xingando e cuspindo, parecia uma máquina de bater. Eu só me defendia. Mas já estava cansado. Tinha um olho fechado, um corte na boca, e meus braços doíam de tanta pancada.

Já estava quase desmaiando, quando o bedel da escola apartou a briga.

— Não tem vergonha de bater em alguém mais fraco que você? — ele perguntou.

Foi um sufoco tirar o Clóvis de cima de mim. Cheio de fúria, ele não parava de gritar:

— Vou te pegar de novo! E longe da escola. Aí não vai ter ninguém pra te salvar.

Eu mal podia ficar de pé. A cabeça doía, o corpo doía. Mesmo assim, alguma coisa dentro de mim dizia que era melhor ter apanhado do que ter amarelado. Quem é que poderia dizer que eu era um covarde?

Mas o pior ainda estava por vir. Papai era um homem estúpido e vivia dizendo que, se eu apanhasse na rua, apanharia dobrado em casa. E eu não ia conseguir esconder que tinha apanhado.

Entrei em casa e troquei de roupa. Quando levava o uniforme todo sujo e rasgado pra lavar, mamãe me viu com a cara toda machucada e começou a gritar:

— Pelo amor de Deus! O que que aconteceu com você, Toninho?

Não disse nada e joguei a roupa no tanque. Mamãe foi até o banheiro e voltou com um estojo de primeiros socorros. Começou a limpar meu nariz, o canto da boca, com um algodão embebido em água oxigenada. Ela estava nervosa e a ponto de chorar.

— Seu pai vai ficar louco! Por que você vive se metendo em encrenca?

— Não fui eu que provoquei.

— Você sempre diz a mesma coisa. Quando um não quer, dois não brigam.

Ela soluçou fundo e disse com mágoa na voz:

— Já não chegam os problemas aqui de casa, e ainda você traz mais um da rua. O que vai dizer a seu pai?

— Nada, ué. O que aconteceu, aconteceu.

— Mas quem vai aguentar amolação sou eu. Você sabe como é seu pai.

Deixei mamãe falando sozinha e voltei para o meu quarto. Como eu odiava aquele tipo de conversa! Que mania mamãe tinha de ficar atrás de mim resmungando sem parar. Além disso, eu não podia tirar da cabeça que papai ia chegar e ficar uma fera comigo. Pensei até em sumir de casa. Mas uma hora teria que voltar, e ele não era de esquecer assim fácil. E eu não podia contar mesmo com ninguém. Às vezes, coisa que era muito rara, mamãe me defendia. Mas bastava papai erguer a voz, que ela afinava.

Fui para a cozinha, e mamãe pôs um prato de comida na minha frente.

— Vê se come e depois vá se deitar.

— Deitar por quê?

— Quando seu pai chegar, falo que você está doente.

Empurrei o prato.

— Não estou com fome. E, depois, não precisa inventar que estou doente.

Mamãe, como costumava fazer, pôs a mão na cabeça e disse:

— Vai sobrar pra mim!

Saí para o quintal, sentei na escada. Por que minha vida era tão ruim assim? Parecia que tudo que fazia dava errado. Além do que acontecia em casa, ainda por cima não tinha um amigo, uma garota para namorar. Pus a cabeça entre os braços e comecei a chorar, desconsolado.

Quando papai chegou naquele fim de tarde, percebi que a coisa ia ficar feia. Isso porque já começou a gritar chamando mamãe.

— O que é que foi, Otávio? Por que essa gritaria?
— Me ajuda aqui com estas peças de tecido.
— Quanto brim! O que vai fazer com isso, Otávio?
— Turco safado! — papai xingou. — Pensa que todo mundo é trouxa.
— Não vai me dizer que brigou também com seu Nagibe!
— Claro que briguei! O safado me disse uns desaforos.
— Mas… pra que tanto brim?
— Foi o jeito que o turco achou de me pagar…
— Mas, Otávio, você vive brigando à toa…
— Como que à toa? Como que à toa?

Os berros de papai encheram meu coração de raiva. Ele sempre achava de descontar toda sua frustração em mamãe ou em mim.

— Diga, Elvira. Por que à toa?

— É que eu acho que você não devia brigar tanto. Seu Nagibe...

— O que é que tem seu Nagibe? Não vai me dizer que o safado tem razão?

— Não foi isso que eu quis dizer. Quando um não quer, dois não brigam...

— Pois eu brigo! Ninguém me faz de cachorro! Só você é que acha que devem me fazer de cachorro! Até em minha própria casa não tenho razão.

— Mas fazia pouco tempo que você estava trabalhando com seu Nagibe... E, depois, o que é que a gente vai fazer com tanto brim?

— Camisa pro Antônio Carlos, ué.

Eu sabia que ia sobrar pra mim. Depois que papai tinha começado a trabalhar com seu Nagibe, o que não me faltava eram camisas amarelas de brim.

— Mas ele já tem tanta camisa dessa cor... — protestou mamãe timidamente.

Escutei alguma coisa sendo jogada contra a parede.

— Pois então taca fogo, Elvira. Queima esta droga toda de brim! Vocês só querem luxo. Daqui a pouco vai me dizer que quer vestir o príncipe de seda!

Como eu odiava quando papai falava desse jeito irônico, me chamando de "príncipe"!

— Falando no príncipe, onde é que ele anda?

— Não está se sentindo bem, Otávio. Ele...

Papai começou a bufar como se fosse um boi.

— Não está se sentindo bem, é? Mas pra brigar na rua estava ótimo. Seu Salvador disse que viu ele brigando em frente à escola.

Entrei na sala, porque não podia mais suportar aquilo. Quanto antes levasse a bronca e apanhasse era melhor.

— Onde é que andou metido, seu moleque?

Papai começou a gritar comigo feito um louco. De repente, ele pareceu se lembrar de alguma coisa e me perguntou sempre aos berros:

— Espera aí uma coisa. Onde está seu uniforme?

— Estava sujo, Otávio. Eu mesma pus pra lavar — mamãe disse com voz trêmula.

— Me traz aqui esse uniforme, Elvira!

Quando papai viu o uniforme, aí é que ficou louco de vez. Jogou-o na minha cara, enquanto gritava:

— Seu moleque! A gente se mata pra educar um filho, e você fica badernando pela rua! Ainda por cima apanhou!

Quando ele disse aquele "ainda por cima apanhou", eu soube que ia apanhar. Papai começou a tirar o cinto. Mamãe procurou segurá-lo, ao mesmo tempo em que dizia:

— Pelo amor de Deus, Otávio. Não faça isso. Olha os vizinhos.

— Que se danem os vizinhos! Estou na *minha* casa. E vou bater em *meu* filho!

O Toninho deu um sorriso e comentou:

— Puxa vida, só de lembrar das surras que ele me deu, parece que o corpo todo me arde. O Velho era forte e batia pra valer.

Ele bebeu mais um gole de cerveja e disse:

— Mas, se você quer saber, não guardo mágoa de meu pai. Pobre de meu Velho. Depois, a gente acabou se reconciliando. Hoje, compreendo melhor a razão de seu comportamento. Ele se sentia tão frustrado que descontava tudo nas pessoas que mais amava.

O Toninho balançou a cabeça, deu um suspiro e explicou:

— Só mais tarde é que vim a descobrir o quanto ele gostava da gente. Mas não sabia como mostrar isso. Era um homem muito orgulhoso... como eu...

— Mas você não bate nos seus filhos...

— De jeito nenhum. Nunca encostei a mão neles. A Sandra é que é meio brava e de vez em quando dá umas chineladas nas crianças. Se não fosse ela, eles punham a casa de pernas pro ar.

Ele deu uma risada curta. Ficou calado por algum tempo e disse em seguida:

— Não acho mesmo que se deva bater em filho. É uma covardia. Ainda assim, compreendo o Velho. Depois de superados todos os problemas, nos tornamos grandes amigos. E o que me deixa triste é que isso só foi acontecer perto de sua morte.

— Quando é que seu pai morreu?

— O ano passado. Teve um problema cardíaco. Pobre Velho. Justo quando nossa vida tinha melhorado...

Mas, naquele dia em que ele me deu essa surra, você não pode imaginar a raiva que senti dele. Mas não chorei. Só fui chorar depois, sentado na escada atrás de casa. Chorei nem tanto pelas cintadas, mas pela humilhação. Fiquei ali até de noite, quando mamãe veio me chamar para comer. Não respondi, fazendo de conta que ela não existia.

— Vamos, coma, Toninho. Não pode ficar sem comer.

Mas eu não queria comer. Queria ficar sozinho, remoendo minha raiva. Quando me sentia infeliz daquele jeito, não queria ninguém por perto.

— Por favor, Toninho...

Reparei que mamãe estava quase chorando, mas não disse nada. Por que devia fazer a vontade dela? No fundo, no fundo mesmo, tinha certeza de que mamãe queria que eu comesse porque era uma ordem de papai. Ele achava que a família devia comer junto, à noite. Coisa mais ridícula! Que família era aquela que só fingia que era uma família?

Nisso, papai gritou lá de dentro:

— Elvira. Você vem ou não vem?

— Estou vendo se o Toninho come um pouquinho...

— Deixe de mimá-lo, ora! Se ele quiser comer, que venha comer à mesa!

— Toninho... — mamãe insistiu mais uma vez.

Ela acabou desistindo e me deixou ali sozinho. Então, voltei a pensar em tudo o que vinha acontecendo comigo nos últimos tempos. Cheguei à conclusão de que precisava mudar alguma coisa em minha vida, senão ficava maluco. Mas o que eu podia mudar em minha vida?

Na verdade, o que estava começando a perceber é que era impossível viver em paz. Era cobrança em tudo quanto é lugar. Os mais velhos queriam que os jovens fossem exatamente como eles queriam. Era assim em casa, era assim na escola. Os jovens deviam estudar tudo quanto é droga, porque precisavam estudar. Deviam obedecer, porque os mais velhos queriam ser obedecidos. E se ao menos eles agissem direito... Mas apenas faziam um joguinho sujo, fingindo que agiam direito. Era tudo uma fachada pra enganar a gente. Como é que queriam então que a gente andasse na linha? Pura hipocrisia.

Não bastasse a chatice dos mais velhos, ainda tinha a chatice dos colegas. Será que eu ia suportar a humilhação do Clóvis me perseguindo o tempo inteiro?

Foi nesse dia que tomei uma decisão. Não dava para mudar tudo no mundo, mas, no que dizia respeito ao Clóvis, dava pra mudar. Bastava eu ficar tão ou mais forte que ele. Mas como fazer isso? Eu não tinha a mínima ideia.

E, ainda que não quisesse dar o braço a torcer, resolvi comer porque estava com fome. Quando me sentei à mesa, ainda tive que suportar outra bronca de papai:

— O príncipe então resolveu nos dar a honra de sua presença...

— Otávio! — disse mamãe pondo arroz em meu prato. — Deixa ele comer sossegado.

— Comer, ele vai comer. Mas fica sem sobremesa. O jantar aqui em casa é às seis horas, mocinho — disse papai se levantando.

Depois do jantar, me fechei no quarto com um livro que tinha comprado pelo reembolso postal. Era um manual de exercícios físicos. Eu havia desistido de seguir as instruções quando, já nas primeiras páginas, fiquei sabendo dos sacrifícios que teria de fazer para ficar forte. Por exemplo, comer verdura e acordar cedo todos os dias. Mas agora estava decidido a seguir o manual. Sabia que seria a única forma de resolver pelo menos o problema do Clóvis.

Li o livro do começo ao fim. Depois, marquei numa folhinha o número de flexões a fazer cada dia, os quilômetros que devia correr. E naquela noite fui dormir cedo, porque sabia que precisava madrugar no dia seguinte.

E só a certeza de que alguma coisa iria mudar em minha vida é que tirou um pouquinho da infelicidade daquele dia horrível.

De manhã fazia muito frio. O despertador tocou às cinco. Pensei que se me levantasse às cinco e meia não iria fazer diferença. Não, eu não podia começar daquele jeito. Precisava levantar às cinco, como tinha planejado. Pulei da cama e me vesti correndo. Fui até a cozinha, tomei um copo de leite, comi umas bolachas e saí para a rua.

As bicicletas dos operários desciam a ladeira no meio da neblina. "Esses é que têm mesmo coragem", pensei. No jardim, fiz algumas flexões para esquentar, mas logo fiquei cansado. Há quanto tempo não fazia ginástica!

Comecei a correr ao lado do ribeirão, e o frio foi passando. Corri, corri até perder o fôlego. Percebi que já estava quase fora da cidade. Sentei então na guia da calçada pra descansar. O sol nasceu cor de laranja, por cima da copa das árvores. Para dizer a verdade, eu nunca tinha visto o nascer do sol. Coisa mais linda. Fiquei ali, que nem um bobo, olhando para o céu. Quando o sol subiu de vez, já estava quase na hora de ir para a escola.

Cheguei em casa suado, sentindo dor em tudo quanto é parte do corpo. Mamãe ficou espantada quando entrei na cozinha.

— Toninho! Onde você foi nesta friagem?

— Por aí...

Sentei-me para tomar café. Mamãe foi pegar o leite e o pão. Ela devia estar mesmo assustada, porque o maior trabalho era me tirar da cama pela manhã.

— Queria um ovo quente — eu disse, quando ela pôs o leite em minha xícara.

— Ah, agora o príncipe ainda quer ovinho quente — gozou papai.

Nem prestei atenção nele. Estava numa outra, já imaginando que exercícios teria de fazer pela tarde.

Terminei de tomar o café, tomei um banho rápido e saí voando para a escola.

Nem bem entrei no pátio da escola, e alguém me deu um empurrão. Era o Clóvis.

— Como é, nervosinho? Vai encrespar?

Olhei para aquele estúpido, morrendo de ódio. Ele me deu outro safanão e disse:

— Isso é pra você deixar de ser besta. Quem manda aqui no pedaço sou eu.

O que eu podia fazer? "Calma, Toninho", disse para mim mesmo. Se eu fosse enfrentá-lo, na certa iria apanhar de novo. Não, não podia fazer o jogo dele. "Um dia, você me paga", disse baixinho. O Clóvis me acertou um tapa na orelha e saiu dando uma risada de escárnio.

— Afinou, hein, cara?

Era o João Leite. Com ele, eu sabia que podia. Avancei contra o panaca, que recuou, dizendo assustado:

— Que que é isso, meu? Estava brincando.

Deixei o João Leite, que não passava de um idiota, e entrei na classe. Eu não conseguia suportar a humilhação. Mas a humilhação que eu tinha sofrido só serviu para reforçar minha força de vontade. Eu estava com a ideia fixa de acertar contas com o João Leite, com o Clóvis e com quem mais se metesse em minha vida.

No dia seguinte, acordei cedo de novo. Como meu corpo estava doendo! Voltei a correr junto ao ribeirão e fui olhar o sol nascer.

Depois de uma semana, mamãe não mais estranhava que eu saísse de madrugada. Inclusive, ela se acostumou a me esperar com o ovo quente ao lado da xícara de café.

Com um mês, meu fôlego estava bem melhor, mas eu continuava muito magro. Comecei a fazer exercícios de barra e levantamento de peso. Improvisei uns halteres com umas latas cheias de cimento e um cano velho.

E as coisas continuavam como sempre. Por qualquer coisinha, o Clóvis me provocava. Eu fingia que estava com medo e saía sob os olhos zombeteiros dos colegas. E, se por fora eu parecia a pessoa mais calma do mundo, por dentro era um vulcão, morrendo de raiva e querendo bater em quem aparecesse na minha frente.

Em casa, papai continuava o mesmo. Sempre de mal com a vida e reclamando de tudo:

— Não me sujeito a trabalhar nessas condições! Que que o Nagibe está pensando?

—Você precisa ter mais paciência, Otávio — mamãe dizia.

Às vezes, me sentia muito parecido com papai. Eu também não vivia de mal com a vida? Eu também não vivia sozinho, sem amigos? Era talvez por isso que eu não gostava de mim. Por me achar parecido com papai, a quem detestava do fundo do coração.

Mas havia uma diferença entre nós, eu pensava. Tinha certeza de que, um dia, ia acertar as contas com o Clóvis. Quanto a papai, o que podia esperar da vida? Ficar pulando de emprego para emprego sem se fixar em nenhum? Ficar suportando humilhação em tudo quanto é lugar?

Se esse pensamento, no momento, satisfazia meu ego, por outro lado eu desconfiava que as coisas não eram tão simples assim. Com certeza, eu iria acertar contas com o Clóvis. E depois? Quando iria acertar as contas comigo mesmo?

Foi nessa época que comecei a namorar a Neuza...

— Que Neuza? — perguntei.
— A Rovelli. Filha do seu Gílson, o dono da mercearia Elite.

Forcei a memória:
— Uma loira de olhos verdes?
— Essa mesmo — confirmou o Toninho.
— Se for mesmo quem estou pensando, era muito bonita...
— Se era. Bonita pra caramba... — ele disse, com um sorriso, para depois continuar com sua história:

A Neuza foi minha primeira namorada. Como já disse a você, eu era como um bicho e nunca tinha namorado ninguém.

Ela era minha vizinha. Acho que vinha me espiando fazer os exercícios, porque um dia me disse, quando eu tentava erguer uns halteres mais pesados:

— Duvido que você consiga erguer esse daí.

Levantei a cabeça e a encarei. Mas como não sabia lidar com as garotas, fiquei ali parado, sem dizer nada, como se fosse um pateta.

— Então? — ela insistiu, desafiadora.

— Você duvida, é?

— Claro que duvido.

A Neuza estava rindo. Pela primeira vez reparei como ela era bonita.

— Anda, quero ver se é capaz.

— Claro que sou capaz.

— Duvido — tornou a repetir.

Na verdade, eu estava com um pouco de medo. E se desse um vexame? Eu havia feito aqueles halteres pensando numa etapa posterior de meu desenvolvimento físico. E se tentasse erguê-los, só para me mostrar para a garota, e falhasse? Seria um fiasco. Mas percebi que não podia recuar. Por isso, assumindo um jeito petulante, eu disse:

— Ergo essa joça aí quando quiser.

— Pois eu pago pra ver.

— Não paga, que você perde.

— Perco nada. O que você quer apostar?

— Você é que sabe...

— Um sorvete?

Bem que eu podia dizer que estava cansado e que já havia feito todos os exercícios. Mas desisti de falar isso porque percebi que naquele momento não dava mais para voltar atrás. Eu ia fazer o papel de idiota.

— Olha, eu...

— Um sorvete. Aceita ou não aceita?

Tentei negociar:

— Está bem. Ergo até a cintura, o.k.?

— Até a cintura, não. Acima da cabeça.

Cuspi nas palmas das mãos e me concentrei.

— Como é? Vai ou não vai levantar o peso? Já é quase noite...

Concentrei-me mais um pouco, respirei fundo, contei até três e agarrei os halteres. Suspendê-los até a cintura até que foi fácil. O difícil veio depois. Centímetro a centímetro, comecei a erguê-los peito acima. Parecia que ia estourar. Quando os halteres estavam acima do queixo, dei um último arranque e joguei tudo para o alto. Eu tinha conseguido!

— Você conseguiu... — disse a Neuza, toda sem graça.

Joguei os halteres no chão, e a vontade que senti foi de cair sentado na grama. Mas aguentei firme, desafiando a Neuza com os olhos.

— Ufa! Nunca pensei que conseguisse. Como você é forte, hein! — exclamou, admirada.

Não disse nada, e a Neuza sorriu, vencida.

— Está bem, você ganhou a aposta. Quando vai passar aqui, pra gente tomar o sorvete?

— Depois do jantar — disse num fio de voz.

— Estou te esperando.

A Neuza entrou em casa, e só aí caí sentado na grama. Eu tinha conseguido! Eu tinha conseguido! Só de pensar que pouco tempo antes eu mal podia correr... E meses depois já erguia aqueles halteres pesadíssimos! Era a glória!

A Neuza estava me esperando em frente à casa dela. Tinha trocado de vestido e soltado o cabelo. Tudo aquilo porque ia tomar um sorvete comigo? Eu não podia acreditar...

— Eu seria capaz de jurar que você não ia conseguir.

— Pois é... — disse, fingindo indiferença.

E comecei a contar vantagem. Disse pra ela que em pouco tempo ia ficar como o Steves Reeves.

— Steves Reeves? — perguntei.

— Você não se lembra? Um artista musculoso que fazia o papel de Maciste no cinema. O Steves Reeves era o Arnold Schwarzenegger do nosso tempo...

Nem preciso te contar que a Neuza ficou toda ouriçada quando eu disse aquilo. Ela me pediu que lhe mostrasse o muque. Arregacei a manga da camisa, fechei o punho, dobrei o braço e disse:

— Pode apalpar.

— Uau! Você é mesmo forte!

Na sorveteria, a Neuza insistiu e acabou pagando o sorvete. Melhor para mim, porque eu não tinha um tostão no bolso. Na volta, ficamos conversando em frente à casa dela. Uma hora a Neuza disse que gostaria de ver meu muque de novo. Quando ela começou a me apalpar o braço, sem pensar no que fazia, dei um beijo rápido nela. Para minha surpresa, a Neuza me abraçou e me beijou. Meu coração acelerou. Pela primeira vez na vida eu sabia o que era beijar uma garota na boca!

— Neuza! — chamaram de dentro.

Assustada, ela me empurrou e disse:

— É o papai. Amanhã a gente se vê na escola.

Entrei em casa bem devagar, a cabeça envolta em mil pensamentos. Não podia acreditar que fosse verdade. Não podia acreditar que a Neuza tivesse me dado um beijo na boca! Mas era verdade: ainda sentia entre os lábios o gosto dos lábios dela!

Tranquei-me no quarto, tirei a camisa e fiquei me olhando no espelho. Embora não fosse ainda um Steves Reeves, já estava bem mais forte do que antes. Também, depois de quase um ano de exercício... Além disso, vinha comendo como um cavalo.

Sorri satisfeito. Aquele Toninho que me olhava de dentro do espelho com a maior confiança era um outro. Por isso, não precisava mais ter medo de ninguém.

O engraçado é que, agora que estava mais forte, raramente encontrava o Clóvis. E, quando a gente se encontrava, o Clóvis não mexia comigo. Há quanto tempo não me dava o habitual murro nas costas! Ou ele estava cansado da brincadeira ou já estava me respeitando.

Mas eu não tinha pressa. Queria me vingar daquela besta, mas queria uma vingança completa, quando estivesse no máximo da minha força.

Enquanto isso, fui pondo ordem na casa. Um dia, dei uns tabefes no João Leite, só porque ele fez umas gracinhas comigo.

— Isso não vai ficar assim — ele disse.

— Não vai ficar assim como? — perguntei.

— Você é grande, mas não é dois.

Dei-lhe outro tabefe e disse:

— Sou grande e sou dois. Cala a boca, senão apanha ainda mais.

O João Leite fechou o bico. Se não fechasse, ia apanhar de verdade. Ainda mais porque a Neuza estava do meu lado.

— Carinha besta — disse, fazendo cara de mau.

— Falou, amor. Mostra quem você é.

A gente estava namorando firme. Por isso mesmo, eu tinha começado a cuidar melhor da aparência. Antes, andava sujo e malvestido. Agora não. Tomava banho todos os dias e punha muita brilhantina no cabelo, para fazer um topete como do Elvis Presley.

Como nunca tivesse dinheiro, ficava namorando no portão da casa da Neuza. Às vezes, quando o pai dela saía, a gente ia até o jardim e sentava num banco. De preferência, ao lado de um poste com a lâmpada quebrada. E era um beijo atrás do outro. Como ninguém passava por ali, a gente ficava realmente sossegado.

Mas, para falar a verdade, já andava cheio da Neuza. A empolgação inicial tinha passado. Não aguentava mais ouvi-la falando pelos cotovelos com aquela voz enjoadinha. E sobre assuntos que pouco me interessavam: fofocas sobre colegas da escola, um vestido novo que mandara fazer, o próximo baile do clube... Além disso, depois que descobri que a coisa mais fácil do mundo era conquistar uma garota, ela deixou de ter importância para mim.

Mas eu desconfiava também que o mesmo se passava com a Neuza. Eu nunca tinha dinheiro, e ela vivia reclamando comigo porque a gente não ia ao cinema e aos bailes. Até que, num sábado, ela disse que não queria me ver porque estava com dor de cabeça. Nem liguei; fui jogar sinuca com a turma do Tuta num boteco para os lados do bairro da Casa Verde. No domingo, foi a minha vez de dizer que estava doente.

No outro sábado, estava no maior desânimo. A Neuza reparou nisso e perguntou:

— Que que foi, Toninho?

— Nada, não. Aonde a gente vai?

— Tem um baile no Rio Branco.

Ela dizia isso só para me provocar. A Neuza sabia que eu não tinha dinheiro e que não adiantava falar em baile no Rio Branco.

Até que, um dia, não aguentei mais aquilo e disse que a gente precisava dar um tempo. A Neuza nem ligou. Disse "ah, é?", olhando pras unhas, e entrou em casa, sem ao menos me falar "tchau".

Depois da Neuza, namorei a Ada, a Denise, a Maria Clara, sem contar aquelas garotas que conhecia num dia e esquecia no outro. Nesse tempo, eu havia me tornado muito popular na escola. Os colegas me respeitavam pela força; e as garotas, por outra coisa. É claro que não podia ser coisa boa. Eu era o pior aluno da classe, dançava mal e nem podia dizer que fosse bonito. Mas descobri que as garotas achavam graça quando eu dizia alguma bobagem na classe.

"Só podia ser o Toninho", elas diziam rindo.

Mas, se fiquei conhecido entre as garotas, também fiquei conhecido na diretoria. Não havia semana que um professor não me mandasse para fora da classe. Quando conseguia me esconder no banheiro, tudo bem. Mas, às vezes, o bedel me achava e me levava para a diretoria.

— O que foi desta vez, seu Toninho? — me perguntava a dona Fioli, já marcando a suspensão em minha caderneta.

— Nada — dizia, dando de ombros, com cinismo.

— Alguma coisa o senhor deve ter feito. Três dias de suspensão.

Eu não esquentava a cabeça com a suspensão. Coisa mais fácil imitar a assinatura de papai na caderneta. Ainda mais, ganhava uns dias de folga...

E minha vida corria na santa paz. Papai tinha arranjado um emprego de viajante, e mamãe nunca foi de pegar no meu pé. Chegava em casa na hora em que bem entendia.

Na escola, não matava muitas aulas para não dar na vista. Mas, se fizesse um dia bonito, de muito sol, esperava bater o sinal, pulava o muro e ia nadar ou jogar futebol. Quando fazia frio, nem levantava da cama. Mamãe cansava de me chamar e depois desistia.

Quando papai se fixou no novo emprego, as coisas melhoraram ainda mais. Acabei ficando sócio do Rio Branco e já podia ter roupas novas. Aprendi a dançar e não perdia um baile. Nesse tempo, fazia parte da turma do Tuta, porque era bom de briga.

A única coisa que levava a sério mesmo eram os exercícios físicos. Corria vários quilômetros todos os dias, voltava para casa, fazia flexões, erguia os halteres e, depois, como sempre, comia como um cavalo.

Mas, como tudo que é bom dura pouco, minha vida mansa acabou de repente. Papai voltou a perder o emprego. Uma noite, ele chegou de viagem e, já da porta, começou a gritar chamando mamãe. Na hora desconfiei que alguma coisa de errado havia acontecido.

— Elvira, venha me ajudar com estas porcarias.

— Calma, Otávio. Já estou indo.

"Que droga", pensei. "Agora, só falta aguentar papai em casa. Adeus, sossego; adeus, matação de aula; adeus, farras da madrugada."

— Tão cedo, Otávio? Não disse que só voltava no fim de semana?

— Disse, e daí?

— Não precisa ficar nervoso.

Quando passaram perto de meu quarto, carregando malas e pacotes, papai disse:

— A gente cheio de coisa, e o príncipe aí deitado!

De novo aquela história de príncipe!

— Otávio, não vai dizer que perdeu de novo o emprego!

— Se você quer mesmo saber — o papai disse com raiva —, não perdi. Larguei. Estou cheio de tratar com gente ordinária. Os canalhas pensam que a gente é burro de carga. Estou cheio, estou cheio, estou até aqui!

Fiquei escutando os murros que papai dava na mesa. O que isso me deixava irritado!

— Uns canalhas, Elvira. Mas agora chega. Já me decidi. Nunca mais quero saber de patrão. Vou montar um negócio próprio.

— Montar um negócio, Otávio? E dinheiro?

— Dinheiro? Dinheiro, a gente arruma. O importante é eu ter um pequeno capital pra começar. Aprendi muita coisa nessas viagens. Mas todos têm que cooperar aqui em casa. Chega de gastança.

— Gastança, Otávio? Que gastança? Impossível economizar mais do que economizamos.

— Vocês não querem cooperar. Pensam que sou uma fábrica de dinheiro. Vamos cortar tudo que seja supérfluo. Acabou essa história de baile, festa. Onde se viu? Com quinze anos, já dava um duro ajudando meu pai.

— Mas, Otávio, o Toninho também precisa se divertir.

— Divertir? E eu tenho diversão? Não quero nem saber. Ele que trate de entrar na linha, senão vai ter.

"Por que papai tinha de perder o maldito emprego?", pensei. Só de imaginar que ele ficaria em casa resmungando pelos cantos, gritando com mamãe, gritando comigo...

Para piorar as coisas, papai resolveu montar o tal do negócio em casa. Encheu a sala de rolos de tecido e atendia ali mesmo os clientes. Mas, como precisava sair muito, inventou que eu deveria ajudá-lo.

— Hoje, pensando bem, acho que ele tinha razão — o Toninho disse, enchendo meu copo e o dele com o resto da cerveja. — Eu era um vagabundo, não fazia nada mesmo. Que custava ajudar o Velho um pouquinho?

— E você ajudou?

Chiei bastante, mas acabei ajudando. Era a coisa mais chata do mundo. Tinha de ficar o dia inteiro ao lado do telefone, anotando as encomendas. Mas, ao contrário do que papai pensava, o negócio não começou nada bem. Parecia que ninguém tinha dinheiro. De maneira que, às vezes, eu ficava uma tarde inteira ali, e apenas duas ou três pessoas ligavam para saber dos preços. Encomenda mesmo era muito raro.

Eu não ganhava nada pelo trabalho, o que me deixava louco da vida. Papai, além de ter me cortado a mesada, ainda queria que eu trabalhasse de graça. Mas, um dia, acabei me enchendo daquilo tudo. Ainda mais depois que me lembrei de que a essa hora a turma do Tuta deveria estar jogando sinuca na Casa Verde. Resolvi me mandar. Quando mamãe viu que eu ia sair, ela disse:

— É melhor você ficar no telefone.

— Ficar pra quê? Ninguém está ligando.

— É melhor que você fique. Tem uma encomenda pra entregar na Colina ainda hoje. Foi o que seu pai disse.

Esperei mamãe sair, porque não estava a fim de discutir. Fui para a Casa Verde e passei a tarde bebendo cerveja e jogando sinuca com a turma do Tuta.

Mas foi só chegar em casa, e papai estava me esperando com a cinta na mão.

— Viu o que aconteceu, seu moleque?

E me deu uma cintada.

— O que foi que eu fiz? — perguntei, tentando me proteger com o braço.

— Deixou o telefone pra vadiar! E veja o que aconteceu.

E continuou a me bater, cego de raiva. Eu nunca tinha visto papai tão bravo assim. Mamãe tentou intervir, e ele, sem parar de me bater, deu um empurrão nela.

— Saia da frente, que hoje ele vai se arrepender do que fez!

Fui recuando ante a fúria de papai. Uma hora tropecei numa cadeira e caí de costas. Nem assim ele parou. Sempre me xingando, me dava uma cintada atrás da outra. E só parou quando cansou o braço.

Só depois é que soube o motivo da fúria de papai. Enquanto jogava sinuca, um homem tinha ligado várias vezes. Como ninguém atendesse, acabou por comprar os tecidos em outro lugar. E parecia que a encomenda era razoavelmente boa. Não era à toa que o Velho tinha ficado doido. Mas, se eu entendia o motivo da fúria de papai, não podia aceitar que me surrasse daquele jeito.

A partir daí, passei a evitá-lo. Se papai entrava na sala, eu saía. Se ele aparecia na cozinha, eu ia para o quintal.

— Se ele não quer comer comigo à mesa — um dia ele disse à mamãe —, então não come coisa nenhuma!

E eu não comia mesmo. Mas bancava o durão, porque sabia que mamãe me levaria comida escondido no quarto. Papai acabou descobrindo e deu a maior bronca nela:

— Você está proibida de dar comida pra ele! Ou come com a gente à mesa ou não come nada.

Acabei afinando, porque não podia ficar sem comer. Só de pensar em ficar sem almoço e sem jantar, me dava uma fraqueza... De modo que tive de engolir meu orgulho e sentar junto com a pessoa por quem sentia o maior ódio do mundo.

E comer se tornou uma coisa bem desagradável. Comia com a cara enfiada no prato, sempre ouvindo os desaforos de papai. Eu fazia que não lhe dava confiança. Limpava o prato e saía correndo da mesa.

— Parece um animal — ele dizia.

Mas uma coisa era certa: afora me xingar, meu pai fazia de conta que eu não existia. Eu me tornara um estranho para ele. Mamãe também pouco falava comigo, não sei se por ordem dele ou se por vontade própria.

E assim minha vida caiu num buraco sem fundo.

Toninho me disse isso dando um fundo suspiro. E, como se não gostasse de se lembrar nem um pouco daquilo tudo, ele me resumiu um tempo de muita agitação, de muita loucura. Passava quase o dia inteiro na rua. Levantava bem cedo, para não dar de cara com o pai, e ia para a escola. Ao meio-dia, almoçava correndo, sempre ouvindo desaforos de seu Otávio. Voltava para a rua, jogava futebol, nadava, pescava ou jogava sinuca na Casa Verde. De tarde, fazia ginástica até se cansar, jantava e tornava a sair.

Seu Otávio tinha voltado a viajar, e isso facilitava as coisas. Assim, os dois não discutiam mais. E a casa havia se tornado para Toninho apenas um local de passagem. Dona Elvira, por isso mesmo, vivia recolhida, triste. Mas Toninho nem reparava nisso direito, pelo hábito que havia adquirido de comer de cabeça baixa. Ele vivia fechado em si, e nada no mundo parecia interessá-lo.

Toninho gostava mesmo era de sair com a turma, jogar sinuca, beber cerveja nos botecos noite adentro. Como havia deixado que o pior de si viesse à tona, tinha se transformado numa pessoa arrogante, prepotente. Mexia à toa, à toa com as pessoas na rua. E metia a mão sem dó em quem tivesse peito de reclamar.

No jardim, ele e a turma costumavam fazer as brincadeiras mais estúpidas com quem passasse. Não respeitavam nem as pessoas mais velhas. Mas o que parecia diverti-los mesmo era mexer com as garotas, falando bobagens deste tipo:

"Oi, gostosinha";

"Me dá o telefone do seu cachorrinho?";

"Se você é assim quando verde, como será quando madura?".

Quando a garota era tímida e às vezes chorava, aí que a turma caía na gargalhada, assobiando e vaiando. E essas brincadeiras de cafajeste eram as únicas que divertiam Toninho. E as coisas de que gostava antes, como dançar ou namorar, tinham perdido todo o interesse para ele. Se ia a um baile, era só para arrumar encrenca. E não era nada difícil que isso acontecesse. Sempre havia um valentão como ele, com coragem para enfrentá-lo. E o tempo fechava, para a alegria do Toninho.

Mas até com essa espécie de prazer ele teve de parar. Não havia jeito de conseguir dinheiro. De vez em quando, a mãe lhe arrumava uns trocados, mas mesmo isso deixou de acontecer quando chegaram quase a passar fome. Seu Otávio estava obcecado em levar adiante o próprio negócio, economizando assim cada centavo. E o dinheiro era cada vez mais raro na casa.

Por isso, Toninho começou a pular o muro do clube. Mas, depois que ficou conhecido dos vigias, passou a ser expulso de tudo quanto é baile. Era só ele aparecer no salão, e já tinha alguém do seu lado:

"Vamos saindo. E nada de escândalo".

Um dia, resolveu encarar os vigias. Apanhou mais do que bateu, porque eles eram muitos, e ele um só. Voltou pra casa com o olho roxo e a roupa rasgada. Chegou então à conclusão de que não dava para ficar brigando com o mundo.

Sua fama de desordeiro acabou se espalhando. Muitas garotas passaram a ter vergonha de sair com ele. Mesmo assim, conseguia namorar. E só namorava aquelas garotas parecidas com ele. Aquelas garotas que não queriam nada com nada e que não tinham amor-próprio. Toninho fazia questão de tratá-las mal, e não tinha o menor respeito por elas.

— Como você pode ver — continuou o Toninho —, eu estava mesmo no fundo do poço.

— E o Clóvis? — perguntei.

— O Clóvis? Que que tem o Clóvis?

— Ué, você não se desforrou dele?

— Puxa vida, eu ia me esquecendo do Clóvis. Claro que me desforrei! Com juros e correção monetária.

O Toninho deu uma risada e levantou-se para pegar mais cerveja. Quando ele voltou com a garrafa, sentou-se e recomeçou a contar a história:

Mas, como lhe dizia, eu não queria só descontar a surra que tinha levado. Queria descontar também a humilhação por que havia passado. Eu tinha projetado naquele cara toda minha revolta, toda minha frustração. E só estava esperando a hora certa para dar o bote.

Comecei a caçá-lo. Mas logo desconfiei que ele estava me evitando. Se eu entrava num bar onde o Clóvis bebia um refrigerante, o covarde saía de fininho. Na escola, ele pouco aparecia no pátio.

Até que um dia, na aula de ginástica, ficamos em times diferentes. Numa jogada banal, entrei com tudo nele. O Clóvis reagiu com uma cotovelada. Não tive dúvida e dei-lhe um tapa na cara. Fomos expulsos da aula e suspensos pela diretora.

Na saída, esperei em vão pelo Clóvis. Dei a volta no colégio e peguei-o em flagrante pulando o muro dos fundos.

— Como é, está fugindo, meu?

O Clóvis quase caiu de cima do muro. Hesitou um pouco, mas terminou pulando na minha frente.

— O que é que foi? Quem é que está fugindo?

Cruzei os braços no peito e o encarei. O Clóvis resolveu engrossar para ver se eu amarelava:

— Parece que você gostou mesmo de apanhar. Se não se mandar logo, logo, te arrebento de novo.

Percebi que ele é que estava amarelando. Quando uma pessoa quer meter a mão na outra, vai logo metendo a mão, e não fica com conversa mole. Pus a mão no peito dele e lhe dei um empurrão.

— Quero ver você me arrebentar.

— É pra já!

— Não aqui — eu disse —, lá na pracinha.

Eu queria mesmo era meter a mão nele na frente de todo mundo. Me virei e comei a caminhar. Quando chegamos na pracinha, sem que eu esperasse, ele me acertou um murro na nuca. Surpreso, tropecei e caí. O Clóvis não perdeu tempo e me deu um pontapé nas costelas. Rolei na grama, e outro pontapé me pegou na cara. Enquanto o sangue me enchia a boca, eu escutava o Clóvis gritando:

— Seu lazarento! Pensou que podia comigo?

Tentei me levantar e levei outro murro. Quase que por milagre, evitei um pontapé que teria acabado comigo. Aproveitei o descuido do Clóvis, agarrei-lhe a perna e joguei-o no chão. Sem perder tempo, pulei para cima dele e imobilizei-o com uma gravata.

A briga ainda não estava decidida. Agora eu levava uma pequena vantagem, depois de ter sofrido os maiores estragos. Sentia as costelas doendo e ainda estava zonzo daquele soco na nuca. Mas tinha a cabeça do Clóvis presa numa gravata, e só esperava o momento em que ele perdesse o fôlego. Quando percebi que havia chegado a hora, tirei o braço do seu pescoço e acertei-lhe um murro na cara. O Clóvis deu um berro e rolou na grama. Não deixei que ele fugisse. Prendi-o entre minhas pernas e comecei a socá-lo. Eu havia me transformado numa máquina cega de bater. Não via nada em minha frente, e só meus braços é que agiam. Só fui parar quando me cansei. O Clóvis estava grogue e nem com a ajuda dos colegas conseguia ficar de pé.

Voltei para casa com a alma lavada. Mas aconteceu uma coisa estranha comigo, porque essa euforia logo passou. Deitado de costas na cama, sem mais nem essa, comecei a sentir um vazio dentro de mim. O que eu tinha ganho batendo no Clóvis daquele jeito? Agora que nada mais havia para desforrar, eu estava triste.

Logo depois da briga com o Clóvis, voltei a namorar a Neuza. Ela é que veio me procurar no quintal de casa, quando eu fazia levantamento de peso.

— Puxa vida, você acabou com aquele cara, hein?

Não respondi e continuei a levantar e abaixar os halteres.

— Você sabia que machucou ele de verdade?

— Era mesmo pra machucar.

— O Clóvis teve que ir pro hospital. Parece que quebrou o nariz.

Dei de ombros. Esse pelo menos era carta fora do baralho.

— É verdade que ele tinha batido em você antes?

— Bateu, mas levou o troco.

No fim das contas, a Neuza perguntou se eu não queria tomar um sorvete.

— Não sei. Tenho umas coisas pra fazer.

— Que mentira... Fazer o quê?

Eu não tinha a menor vontade de voltar a namorar aquela garota, mas voltei assim mesmo. Talvez porque não tivesse nada para fazer. A única coisa que mudou foi que a Neuza estava apaixonada por mim. Os efeitos da briga com o Clóvis haviam sido muito grandes. Durante aquele mês, ninguém falou de outra coisa na escola. Antes da briga, o Clóvis era quem ditava as regras. Agora, eu era o rei incontestável. Ninguém tinha coragem de me encarar. Na turma do Tuta, passaram a me tratar com muito mais consideração. Se eu quisesse, dava até para tomar o lugar do Tuta. Mas, como isso não fosse coisa que interessasse, deixei tudo como estava.

Eu podia ter a garota que quisesse. E nem sabia por que tinha voltado com a Neuza. Talvez por um efeito de inércia. Afinal, ela estava mesmo ali do lado. Mas, por isso mesmo, eu a tratava sem consideração alguma. Na cara dela, olhava para as garotas que passassem perto da gente. Às vezes, fazia programa com outras meninas. Quando achava que ela estava perturbando muito, deixava-a falando sozinha e ia jogar sinuca. A Neuza chorava, esperneava, jurava nunca mais me ver. Mas no outro dia estava lá em casa, me convidando para sair.

A compensação para aquele namoro é que a Neuza tinha encorpado e estava bem mais bonita. De chamar a atenção de qualquer um. Loira, de cabelos compridos, ela tinha um corpo muito benfeito. A única coisa que me dava prazer era ficar com ela na parte mais escura do jardim. A Neuza nem mais se importava de não ir ao cinema e aos bailes. Eu continuava duro como sempre. Os sorvetes dela e as minhas cervejas, quem pagava era sempre ela. Um pouco antes de entrar no bar, a Neuza enfiava o dinheiro em meu bolso e dizia com malícia:

— Me paga um sorvete, amor?

Nosso namoro se restringia aos beijos e abraços no velho banco, ao lado do poste com a lâmpada quebrada. Às vezes, a Neuza me dizia:

— Você me ama? Diga que me ama.

Eu não sentia a menor vontade de dizer que a amava, porque, na verdade, não sentia nada por ela. Gostava de beijá-la, de sentir seu corpo junto ao meu e só.

Um dia, tivemos uma discussão muito séria por causa disso.

— Anda, fala que me ama — uma hora ela me disse.

— Fica quieta, Neuza. Você fala demais.

— Seu estúpido! Custa dizer que me ama?

— Não estou com vontade.

A Neuza se levantou, tremendo de raiva.

—Você está pensando na Amanda!

— Que Amanda o quê! Deixa de ser trouxa e senta aí.

— Trouxa é você, seu nojento! A Cleide me disse que viu você conversando com ela.

— A Cleide é uma imbecil. Senta aí e para de encher.

A Neuza começou a chorar. De repente, ela saiu correndo e me deixou ali sozinho. Dei de ombros e deitei de costas no banco, pensando em quando é que iria me encontrar com a Amanda.

Em casa, tudo continuava na mesma. O dinheiro andava curto como sempre, eu não conversava com papai, e mamãe vivia triste pelos cantos. Mas minhas relações com papai chegaram a um ponto insuportável no dia em que fui parar na cadeia.

— Como assim? Você foi mesmo pra cadeia? — perguntei.

— Pois é. Pra você ver até que ponto cheguei. E tudo por ter bancado o cafajeste.

O Toninho me serviu um pouco mais de cerveja e continuou:

Uma noite, saí com a turma e fomos beber no bar do Carioca. Do boteco, fomos à pracinha, e não sei quem teve a infeliz ideia de praticar tiro ao alvo nas lâmpadas. Quando já havíamos quebrado algumas delas, ouvimos um apito. Era a polícia. Saímos correndo dali. Eu estava mais bêbado que os outros. Por isso, tropecei numa raiz e caí. Quando tentei me erguer, me derrubaram com uma cacetada nas costas.

— Levanta daí, seu vagabundo!

Me levantei, e os guardas me empurraram até a perua da polícia. Na delegacia, depois de ouvir o que eu tinha feito, o delegado começou a gritar comigo:

— Moleque safado! Sem-vergonha!

E eu ali quieto, de cabeça baixa.

— Quem mais estava com você?

— Ninguém.

— Como ninguém? — O delegado socou a mesa com raiva.

— É que estava escuro. Não vi quem estava ali — disse com o maior cinismo.

— Claro que estava escuro! Vocês quebraram as lâmpadas. Vamos, desembucha logo.

Como não me dispunha a falar, o delegado disse:

— Pena que você seja menor. Se fosse maior de idade, iria ver o que é bom pra tosse.

Continuei calado. O guarda que estava atrás de mim se invocou e me deu um safanão.

— Não escutou o doutor? Vê se entrega os outros.

— É do tipo durão — disse o delegado. — Leva ele pra outra sala e deixa de pé num canto.

Tarde da noite, quando eu não me aguentava mais de cansaço com a cara enfiada na parede, papai apareceu na delegacia.

— É esse aí o seu filho?

Sem ao menos olhar para mim, ele disse com raiva:

— Ele mesmo.

— O senhor vai ter que assinar este termo de responsabilidade.

Papai abaixou-se para ler o documento.

— Espera aí! Que prejuízos são esses?

— As lâmpadas que ele quebrou.

— Mas ele fez tudo isso sozinho?

— Os outros fugiram, e ele não quer contar quem foi.

— Como não quer contar? Desce o cacete nele.

— Infelizmente, não podemos fazer isso.

— Então, pode deixar que em casa eu vejo se ele não conta.

63

— Mas antes o senhor assina o termo de responsabilidade e paga os prejuízos. Depois disso, poderá levá-lo.

Papai apertou a caneta entre os dedos com tanta força que chegou a quebrá-la. Depois, disse com a voz cheia de ódio:

— Não quero levá-lo agora. Quero que passe a noite aqui.

— O senhor é que sabe.

Papai saiu pisando duro, e eu continuei ali de pé. Fazia frio, e minhas pernas doíam. Que noite horrível. Tive cãibras, de ficar na mesma posição horas a fio. Uma hora acho que adormeci e caí no chão. Um guarda me acordou com um balde de água fria. Voltei à mesma posição, martirizado por uma terrível dor de cabeça.

Só me libertaram pela manhã. E ainda por cima tive de ouvir outra bronca do delegado.

Pensei duas vezes antes de entrar em casa. Não estava disposto a apanhar nem a ouvir sermão. Ainda mais depois da noite que havia passado na delegacia. Queria era um café bem forte e uma boa cama. E se fosse para a casa de um amigo? Mas que amigo que eu tinha? E, depois, não adiantava nada adiar o problema. O melhor era enfrentar papai o quanto antes.

Foi ele me ver e já foi tirando a cinta.

— Seu moleque! — gritou, branco de raiva.

Não sei por quê, mas estava calmo. Por isso, não arredei pé quando papai me deu a primeira cintada. Mas, na segunda, movi rapidamente o braço e agarrei a cinta. Papai puxou-a; puxei com mais força e tomei dele.

— Me dá essa cinta! — berrou papai.

Em resposta, atirei a cinta pela janela. Papai perdeu de vez o controle e veio com tudo para cima de mim. Eu só me defendia. Alguma coisa me impedia que batesse nele. Uma hora, porém, ele me acertou um murro. Agarrei-lhe os braços e o empurrei pra longe. Mas papai não desistia: veio para cima de mim outra vez. Agarrei-lhe de novo os pulsos com força, torci-lhe um pouco o braço e disse:

— Esquece, papai! O senhor, tendo razão ou não tendo, nunca mais vai encostar a mão em mim.

Ao ouvir aquilo, papai tentou resistir. Empurrei-o com toda força, e ele caiu sentado no sofá. Quando tentou se erguer e não conseguiu, começou a suar e a respirar fundo. Ficou pálido, pôs a mão no coração e gritou por mamãe:

— Elvira! Seu filho quis me matar!

"Que exagero", pensei. Se quisesse mesmo matá-lo, não faria isso com um simples empurrão. E, enquanto mamãe vinha correndo com um copo d'água, fui para o quarto. De lá escutei papai e mamãe discutindo. Mas eu estava exausto. Deitei e dormi até a noite.

A partir daí, papai passou a me ignorar de vez. Só mamãe conversava comigo. Mas de um jeito tão triste que eu preferia que também ela me esquecesse.

— Foi uma época de loucura quase completa — disse o Toninho, balançando a cabeça. — Sabe quando você está perdido, e não sabe o que fazer? Sem um amigo de verdade, uma pessoa que possa ouvi-lo? Eu me sentia como um barco desgovernado, sem rumo. Comecei a beber como nunca, a fumar...

— Você já não fumava antes?

— Já, sim. Na minha turma quem não fumasse ou bebesse era considerado frouxo. Vou te confessar uma coisa: sabe que cheguei até a experimentar maconha?

— E onde arranjava dinheiro pra isso?

— Se eu te contasse tudo o que fiz pra arranjar dinheiro... Pensar que tive coragem de roubar mamãe...

E de novo, como se sentisse vergonha de contar tudo aquilo, Toninho resumiu aqueles meses de loucura.

Para poder comprar bebida e mesmo a droga, começou a mexer na bolsa de sua mãe. O dinheiro que havia ali era para as pequenas compras da casa: verdura, pão etc. De início, ele ainda sentia um pouco de remorso, mas depois era como se fosse a coisa mais natural do mundo. Às vezes, na hora da janta, a mãe o olhava com muita tristeza, como se lhe fizesse uma censura silenciosa. Mas Toninho havia perdido todo o respeito por ela. Aquele olhar triste da mãe o deixava indiferente. Era como se não fosse com ele.

Toninho passava quase o dia inteiro no boteco, bebendo, jogando sinuca, de onde só voltava de madrugada. Estava sempre brigando. Era como se um monstro existisse dentro dele, obrigando-o a fazer as piores coisas.

Na escola, nem mais assistia às aulas. Como não poderia deixar de ser, foi reprovado no final do ano. Toninho havia se tornado um vagabundo de vez. Seu quarto, apesar dos cuidados da mãe, parecia um chiqueiro. A única coisa de que não se descuidava era a ginástica. Toda tarde, lá estava ele no quintal, levantando os halteres. Parecia que ele só se interessava em desenvolver o corpo, para esquecer de vez o que ia em sua cabeça.

Mas, se alguém lhe perguntasse se era feliz, a resposta não seria difícil. Não, não era feliz. Isso tudo porque sua vida havia se transformado numa coisa sem sentido.

Que prazer podia sentir tornando-se uma montanha de músculos? Nenhum. Mas, em compensação, enquanto crescia como um monstro, esquecia-se de que tinha uma cabeça, um cérebro. Assim, deixava de pensar no quanto era infeliz. Mas era só parar um pouquinho para pensar, e Toninho ficava triste. Sabia que o respeito que provocava nos outros era uma coisa simplesmente ridícula. Bater nas pessoas, mexer com as garotas, fazer cafajestada, encher a cara... O que isso valia? Toninho tinha a resposta na ponta da língua, mas não via nada que o levasse a mudar de vida. Sua mãe, apesar de toda dor que lhe causasse, gostava dele de modo incondicional. Disso ele tinha certeza. Bastava ver as atenções dela, cuidando de sua roupa, preparando a comida de que ele mais gostava... O pai, pelo contrário, esquecia-se de que tinha um filho. Quanto à Neuza, não passava de uma tonta, sempre agarrada nele e insistindo:

— Você me ama? Diga que me ama.

Toninho tinha certeza de que não a amava. Não via nada nela, como não via nada em si. Se bebia, fumava, brigava, era só para dar prazer ao corpo e esquecer que existia. Por dentro, achava-se um perfeito imbecil.

Ele disse que, naquele tempo, sentia a maior solidão. Mesmo quando estava com sua turma. O que ele tinha de comum com aquela gente grosseira, estúpida? Só a imbecilidade, a brutalidade. E se por dentro ele sofria, por fora era o mais feliz dos garotos da escola.

Estava sempre rindo como um bobo alegre, porque era assim que as pessoas queriam. Toninho vivia usando uma máscara que escondia seu verdadeiro eu. Uma pessoa que estava quase pedindo pelo amor de Deus que a entendessem e a amassem.

— E foi nessa época de maior loucura, de maior sofrimento que conheci a Regina.

— Regina? Que Regina?

— Você logo vai saber quem é a Regina...

O Toninho disse isso e voltou os olhos para o lado da represa. Ficamos longo tempo calados. As águas brilhavam sob o clarão da lua, e a brisa chegava até nós em suaves lufadas.

Ele tornou a encher os copos de cerveja. Quando voltou a falar, reparei que em seus olhos havia um brilho diferente. Mesmo sua voz parecia ter mudado.

— A Regina era bem diferente das garotas que conhecia. Talvez por isso mesmo mexeu tanto comigo, mudou toda minha vida e me ajudou a enxergar quem eu era de verdade.

Ele deu um suspiro e continuou a contar:

A Regina apareceu na escola logo depois das férias. Tinha se mudado de Limeira para Americana com a mãe, dona Berta, que era viúva. A Regina era magra, pálida, tinha os cabelos pretíssimos e os olhos azuis. No Presidente Kennedy era costume pôr apelido nos novatos. E ela não foi exceção. Devido à sua aparência, passaram a chamá-la de Copo de Leite, Branca de Neve, Olívia Palito, etc. Tímida, era muito reservada, ficando quieta em seu canto. Não que fosse do tipo convencido e se achasse melhor que os outros. Pelo contrário, dava-se bem com todos. Mas não tinha a expansividade que as demais colegas costumavam ter.

Não sei por quê, mas gostei dela logo à primeira vista. Havia qualquer coisa na Regina que me atraía. Uma coisa indefinível que havia em seu olhar, em seu jeito de ser.

As garotas com quem costumava sair eram o oposto da Regina. Eram do tipo que as pessoas costumam classificar como "boazuda", "gostosa", "avião". A Regina não era desse tipo. Mas assim mesmo me causou uma impressão muito forte. Talvez porque fosse diferente. Talvez porque fosse tão frágil, tão delicada.

Os colegas não entendiam por que eu olhava tanto pra ela. Um dia, o Macedo chegou mesmo a me dizer:

— Não sei o que você vê nessa garota. É magrinha, branquela. A Neuza é que é mulher.

Mas, se eu olhava muito pra Regina, não tinha coragem de chegar nela. A Regina tinha alguma coisa que me inibia, que me fazia ficar de longe, só olhando, olhando...

— Você já viu aqueles cachorros magros diante de uma máquina de assar frango? — me perguntou o Toninho.

Comecei a rir, e ele concluiu:

— Pois é, eu era como um cachorro magro, só olhando, olhando... Mas sempre de longe, sem coragem de me aproximar.

E o pior de tudo é que ela não me dava bola nenhuma. Era como se eu não existisse. Eu, que estava acostumado a ter a garota que quisesse, achava aquilo um absurdo.

Um dia, resolvi acabar com a situação. As garotas não gostavam de minhas piadas na classe? Era tiro e queda. Então, caprichei numas piadinhas na aula de história. A turma morreu de rir, mas a Regina... nada. A dona Cleide ficou doida e me mandou para fora. Na porta, ainda fiz a última gracinha: juntei os calcanhares, inclinei-me e disse:

— Às suas ordens, madame.

Todo mundo riu. Olhei para a Regina. Ela estava séria. Mas o que me deixou furioso foi que seus olhos pareciam dizer: "Como você pode ser tão bobo? Não tem vergonha de bancar o palhaço?".

Outra vez, no recreio, entrei numa rodinha e comecei a contar piadas. Como de costume, todo mundo riu. Mas a Regina ficou séria, me espiando com aqueles olhos azuis. Resolvi caprichar, contando a melhor de todas.

71

— Vocês conhecem aquela do...

Ela me deu as costas e foi embora.

E era sempre assim: quando a gente se encontrava, a Regina não me dava a menor atenção. Como se fosse um colega qualquer, apesar de eu ser o único que olhava para ela com tanta insistência.

Até que resolvi dar o bote, isto é, resolvi chegar nela de vez. Na saída da escola, consegui fugir da Neuza e fiquei esperando a Regina na pracinha. Quando ela passou por mim, perguntei:

— Qual a sua, Regina?

— Qual a minha o quê?

Ela me olhava assustada. Só aí reparei que tinha sido grosseiro. Mas era tarde para recuar. Fui em frente:

— Por que você não ri das minhas piadas?

— Porque não acho graça.

Aquela resposta atravessada me irritou. Quem era ela para não achar graça nas minhas piadas? Foi o que lhe disse. A Regina me encarou daquele seu jeito sério e disse:

— Pois não acho graça mesmo. E acho também que você já não está mais na idade de bancar o palhaço.

Minhas orelhas ficaram ardendo. E o despeito cresceu dentro de mim. Que vontade de dizer que palhaço era o pai dela. Mas a única coisa que consegui dizer foi outra forma de insulto:

— Sua magrela!

Sem dizer nada, ela me deu as costas e foi subindo a ladeira. Que raiva senti da Regina por ter me submetido a tanta humilhação. Mas, no fundo, o que me doía era saber que ela tinha razão. O que eu era senão um verdadeiro palhaço?

O ódio cresceu dentro de mim e, não podendo mais me conter, gritei a plenos pulmões:

— Vai te catar, sua branquela! Está cheio de mulher no mundo!

Mas a Regina não me saiu mais da cabeça. Às vezes, estava distraído na classe, quando me surpreendia olhando para ela. Como se a Regina fosse um ser de outro planeta. Outras vezes, me surpreendia escrevendo o nome dela na carteira.

Tentei afastá-la do pensamento. Para me enganar, enfiei na cabeça que amava de fato a Neuza. A garota ficou assustadíssima quando, um dia, lhe disse:

— Te amo, Neuza.

— Fala de novo, amor. Fala de novo que me ama.

Não sentia vontade nenhuma de repetir uma coisa que era puro fingimento. Na verdade, quando estava com a Neuza, ficava pensando na Regina.

Não foi difícil chegar à conclusão de que quem eu amava mesmo era a Regina. Mas, embora soubesse disso, eu era infeliz porque não acreditava que pudesse chegar nela. A Regina nem olhava para mim. Na escola, às vezes nossos olhos se cruzavam. Eu mantinha o olhar, ela baixava a cabeça ou me dava as costas.

Mesmo assim, todos os dias depois da aula, me acostumei a segui-la. Descobri então que ela morava com a mãe numa velha casa que tinha um jardim cheio de roseiras. Descobri também que ela tinha o maior xodó com as rosas. Quantas e quantas vezes a surpreendi de joelhos, com uma pá, ocupada em revolver a terra, em arrancar as ervas daninhas.

A Regina não era cuidadosa só com as roseiras. Também na escola se mostrou ótima aluna. Mais um motivo para me afastar dela, pois eu era o pior aluno da classe. Mas, por sua culpa, uma coisa curiosa começou a acontecer comigo. Para poder ficar perto dela, deixei de matar aula. E, como sabia que ela não gostava das minhas piadas, parei de fazer bagunça na classe.

Isso tudo, porém, não fez com que a Regina me desse a mínima atenção. A indiferença dela me deixava tão furioso que, por dentro, a xingava e jurava nunca mais voltar a olhá-la na cara. "Você tem a Neuza, Toninho, a garota mais bonita da escola. Pra que você vai precisar dessa branquela?", dizia para mim mesmo.

Mas eu precisava dela. Não sabia por que, mas precisava da Regina como nunca. Talvez porque ela fosse inacessível, uma coisa impossível de ser alcançada.

E a quase certeza de que jamais a teria me doía tão fundo que, às vezes, me surpreendia odiando-a. Como se ela fosse a responsável por todo o sofrimento que havia em meu coração.

Até que aconteceu um incidente que fez eu me aproximar da Regina…

Um dia, no recreio, ela conversava com umas colegas, quando, sem mais nem menos, caiu no chão. Como de costume, eu estava por perto. Desde que havia descoberto que a amava, ficava rodeando, olhando para ela, quase implorando um sorriso.

Quando a Regina caiu, suas amigas começaram a gritar:

— O que foi, Rê?

— Rê! Pelo amor de Deus! Fala com a gente.

Fiquei irritado com aquelas tontas. Como queriam que a Regina falasse, se ela estava desmaiada?

— É melhor chamar o seu Salvador — alguém sugeriu.

— Chamar aquele moloide? — eu disse. — Vocês estão doidas.

Mas eu também não sabia o que fazer. Estava tão perdido como as garotas. Mesmo assim peguei a Regina nos braços e, meio atarantado, comecei a andar. Foi então que lembrei que, em frente à pracinha da escola, havia um consultório médico. Sempre seguido pelos colegas, passei pelo portão e fui até lá carregando a Regina... Quando a atendente da clínica viu aquela gente toda, ficou assustada e perguntou:

— O que é isso?!

— Ela está passando mal — dissemos todos juntos.

— Sinto muito, mas o doutor está atendendo...

Não esperei que ela terminasse de falar. Empurrei-a e entrei com a Regina na sala do doutor Pompeu.

— Mas o que está acontecendo? — ele perguntou, assustado.

— Ela desmaiou na escola, doutor — expliquei.

Ele não perdeu tempo: dispensou seu cliente e pediu que eu pusesse a Regina na maca. Em seguida, mediu-lhe o pulso e tentou, em vão, reanimá-la com um pouco de éter.

— Não dá pra atendê-la aqui — ele observou, pegando o telefone.

O doutor Pompeu deu uns telefonemas e, depois de conversar por alguns minutos com alguém, ele me disse:

— Vou levá-la pro hospital. Enquanto isso, você poderia avisar a família dela?

Quando saí do consultório, os colegas, muito aflitos, me cercaram pra perguntar o que tinha acontecido com a Regina. Passei por eles sem responder nada. Subi a ladeira correndo até a casa da Regina. Meu coração batia disparado quando apertei a campainha. A mãe dela atendeu, e eu, sem ao menos me apresentar, disse:

— Dona Berta, a Regina desmaiou na escola.

— Onde ela está agora? — perguntou, assustada.

— O doutor Pompeu acabou de levá-la pro hospital. Pediu que viesse avisar a senhora.

A caminho do hospital, dona Berta me contou que era a segunda vez que isso acontecia naquele ano.

— O que ela tem? — perguntei.

Dona Berta hesitou um pouco e disse:

— Bem... não sei direito. A Regina ainda precisa fazer uma série de exames.

Chegando ao hospital, enquanto dona Berta corria para o atendimento, fiquei na sala de espera. Estava morrendo de fome, mas por nada deste mundo arredaria o pé dali. Pela primeira vez em minha vida, sentia orgulho de mim mesmo. Afinal, havia feito alguma coisa decente. E justo pra alguém que tinha na mais alta conta.

Só no final da tarde é que recebi as primeiras notícias da Regina.

— O doutor Pompeu deu-lhe umas injeções — disse dona Berta, com um ar cansado. — Felizmente, ela agora está dormindo.

— Quando ela sai do hospital? — perguntei, preocupado.

— A Regina terá alta amanhã.

Levantei da cadeira e disse:

— Então até amanhã.

—Até amanhã... Como é mesmo que você se chama?

— Antônio Carlos, mas a senhora pode me chamar de Toninho.

— Então, até amanhã, Toninho. Apareça em casa. Acho que a Regina gostaria de lhe agradecer.

Naquele dia, voltei para casa feliz. Mas, à noite, não consegui dormir. Fiquei rolando na cama, com uma bruta duma insônia, só pensando como seria o encontro com a Regina. E se ela se recusasse a me ver? Não, ela não faria uma coisa dessas. Afinal, eu é que a tinha socorrido e levado ao médico.

No dia seguinte, não via a hora de vê-la. O pior de tudo foi aguentar os colegas que queriam saber de seu estado:

— O que aconteceu com ela?

— A Regina está melhor?

Até mesmo cheguei a desestimular as colegas que queriam visitá-la:

— Acho que não pode. Escutei o doutor Pompeu dizer que ela precisa de repouso absoluto.

Quando deu o sinal, saí correndo para casa. Ao contrário do que fazia, não fui logo almoçar. Antes, tomei banho, me arrumei. Foi o bastante para deixar papai irritado. Embora a gente não conversasse, ele não perdia oportunidade de me provocar. Mas, se antes eu não lhe dava bola, agora então é que não iria ouvi-lo mesmo. Comi com a cara enfiada no prato. Papai ficou louco:

— Esta casa não é pensão! Quem que você está pensando que é? O presidente da República?

Sem comer a sobremesa, deixei papai bufando e saí correndo para ir me encontrar com a Regina. Mas no caminho parei de correr e fiquei pensando se teria mesmo coragem de aparecer na frente dela. Como era possível que essa garota me inibisse tanto? Mas era verdade: ela me inibia de tal maneira que fiquei um tempão em frente da casa dela, sem coragem de me anunciar.

Por fim, tomei coragem e apertei a campainha.

— Olá, Toninho? — disse dona Berta, abrindo a porta. — A Regina está esperando você. Vamos entrando.

Acompanhei-a até o quarto da Regina. Ela estava deitada numa cama perto da janela. A seu lado, havia uma mesinha com remédios.

— Você tem visita, filha — disse dona Berta.

— Oi, Toninho. Que bom que você veio.

79

Fiquei parado na entrada do quarto, que nem um bobo, sem saber o que falar. Foi preciso dona Berta pegar uma cadeira e pedir que eu sentasse.

— Você está melhor? — afinal, perguntei.

Ela deu um suspiro e disse:

— Um pouquinho... mas me sinto ainda muito fraca.

A Regina pegou minha mão. Levei um susto, como se tivesse sido picado por uma cobra.

— Muito obrigada por ter me levado ao médico.

— Não foi nada. Qualquer pessoa teria feito o mesmo.

— Mas foi você que fez. Aliás, fiquei contente de saber que tinha sido você.

Meu coração saltou de alegria. Não podia acreditar que a Regina tivesse dito aquilo.

Depois, não me lembro direito sobre o que falamos. Os pormenores daquela conversa desapareceram da minha memória. Sabe quando a gente vive um instante de tanta felicidade que não presta nenhuma atenção no que faz ou no que diz? Pois bem, foi o que aconteceu naquela tarde.

Lá pelas quatro horas, dona Berta veio com uma bandeja de sanduíches e uma jarra de suco de laranja.

— Hora do lanche...

— Mas, mamãe, comer outra vez...

— Não tem mas nem meio mas — dona Berta disse com severidade. — O doutor Pompeu disse que você precisa se alimentar.

— Não estou com fome.

Eu nunca tinha visto um sanduíche daqueles, com presunto, queijo, salada, bacon, ovo... Dona Berta, antes de sair, ainda disse para a filha:

— Vê se come tudo, hein?

Ela suspirou e ficou olhando sem vontade para o sanduíche. Quando deu a primeira dentada, eu já estava na metade do meu.

— Não estou mesmo com fome — ela disse, desanimada.

— Está uma delícia.

— Deve estar. Mas não consigo comer. E mamãe fica tão brava quando não como...

De repente, parei de comer e notei que a Regina não tirava os olhos de mim.

— Você não comeu nada... — eu disse, todo sem graça.

Ela sorriu e me perguntou:

— Toninho, se eu te pedir um favor, você promete que faz?

— Claro, Regina. O que você quiser.

E não faria? Mesmo que ela pedisse para me atirar da janela, eu faria isso na hora.

— Vai, come também o meu sanduíche. Assim, mamãe não dá bronca em mim.

— Mas é você que precisa comer.

— Se você não comer, jogo tudo fora. Aí, é pecado.

— Está bem, passa o sanduíche aqui.

Para falar a verdade, não tive a menor dificuldade em comer o outro sanduíche. Como já contei, naquela época eu comia como um cavalo. Parecia que estava sempre com fome.

— Gosto de ver você comendo.

A Regina me olhava de um jeito divertido.

— Quis ajudar você...

Ela começou a rir. Riu tanto que engasgou e teve um acesso de tosse. Dona Berta abriu a porta do quarto e perguntou:

— Que aconteceu, filha?

Ela não parava de rir. Como não soubesse por que a Regina ria, também comecei a rir.

— Ora, o que está acontecendo aqui? — perguntou dona Berta.

— Engasguei com o sanduíche, mamãe.

— Precisa tomar cuidado, Regina. Onde se viu engasgar com o sanduíche?

Regina piscou para mim e deu mais uma risada.

— Não sei o que está achando engraçado, Regina. Parece boba!

— De nada, mamãe.

— Ainda bem que comeu todo o sanduíche. Nem acredito. Acho que a presença do Toninho aqui fez um milagre.

Regina deu uma gargalhada e disse:

— Sabe que a senhora tem toda a razão, mamãe?

Dona Berta franziu a testa, balançou a cabeça e saiu do quarto. A Regina olhou para mim, eu olhei para ela. Rimos tanto que ficamos cansados.

Depois, começamos a falar da escola. Ela quase morreu de rir quando imitei o professor de português.

— Por que ele fica fazendo aquele barulhinho, ssssssss? — ela perguntou.

— Acho que engoliu a dentadura.

A Regina pegou de novo em minha mão e disse:

— Pelo amor de Deus, para, Toninho. Já estou chorando de tanto rir.

Mas, de súbito, ela ficou séria e perguntou:

— Puxa vida, a gente não tinha pesquisa de história pra quinta?

E eu me lembrava da pesquisa?

— E a prova de matemática na sexta?

Regina fez uma cara de aborrecimento e comentou:

— Vou perder todas essas aulas...

— Ué, você já não está boa?

— Estou bem melhor. Mas o doutor Pompeu acha que devo ficar mais uns dias de repouso.

— Se quiser, posso copiar a matéria pra você...

— Que bom! Você jura que faz isso pra mim? — ela disse com entusiasmo.

— Claro, Regina. A partir de amanhã...

— Você é mesmo um amor, Toninho.

E assim mudei minha vida. Me transformei num outro Toninho, que não perdia mais aulas, que se sentava na primeira carteira e que não tirava os olhos da lousa.

Mas não pense que foi assim tão fácil. Como tivesse me acostumado a sentar no fundo, não sabia o que era prestar atenção numa aula. Sem contar que, além de aguentar gozação dos colegas, ainda tive de escutar umas do professor Aristides:

— Ora, ora, o rei da bagunça sentadinho aqui na frente...

Fingi que não era comigo e abri o caderno. Logo vi como era difícil acompanhar uma aula de português. Ainda mais depois de tanto tempo sem estudar. Eu não entendia nada daquilo de oração subjetiva, oração objetiva. Mesmo assim, prestei a maior atenção, copiando tudo que o mestre escrevia na lousa. Quando a aula acabou, minha mão doía de tanto escrever.

Depois, veio a aula de matemática, em que o professor explicou uma coisa complicada de seno e cosseno. E eu ali, que nem um maluco, tentando entender. De vez em quando, ouvia uma piadinha vinda do fundão. Me dava uma vontade de desistir daquela joça e de partir para a bagunça. Mas continuei firme, os olhos grudados na lousa.

Quando deram o sinal, estava cansado. Nunca havia assistido às aulas com tanta concentração. Voltei para casa morto de fome. Mesmo assim, não me sentei logo para comer. É que me lembrei de que não poderia mostrar meus cadernos daquele jeito para a Regina. Voltei para o quarto e comecei a passá-los a limpo. Meu estômago roncava de fome, mas eu havia prometido que só levantaria da cadeira quando terminasse tudo.

— Qual é a do príncipe agora? — escutei papai resmungando na copa.

— Parece que está estudando...

— Estudando? Aquele vagabundo?

Continuei a copiar os pontos de português e matemática. Só fui acabar lá pelas duas da tarde. Comi correndo o almoço frio que mamãe havia deixado no forno, escovei os dentes e fui para a casa da Regina.

—Tem ponto novo de matemática — eu disse, quase sem poder respirar. — É pra fazer os exercícios das páginas trinta e cinco, trinta e seis, trinta e sete. E de português é pra fazer os exercícios da página vinte e oito.

A Regina folheou os cadernos e disse:

— Acho melhor começar pela matemática...

Senti um calafrio. Eu havia copiado tudo da lousa, mas não tinha entendido nada daquilo.

— Olha, Regina, eu...

— Não podemos perder tempo, Toninho. Você ainda tem que me explicar direito o que o professor deu.

— Regina...

— O que foi, Toninho?

— Olha, pra falar a verdade, não entendi nada do que ele explicou.

— Como não entendeu?

— Não entendi, ué. Nunca prestei atenção direito nas aulas.

— Mas hoje você prestou, não é?

— Prestei.

— Então, tudo bem. Se você não sabe, eu também não sei. Vamos aprender juntos.

Eu, que detestava estudar, recebi aquele convite como a melhor coisa do mundo. Começamos a estudar. Eu me sentia um verdadeiro burro perto dela. Como a Regina era inteligente! Quando ela me perguntava se tinha entendido, para não passar vergonha, eu dizia que sim, embora não tivesse entendido nada.

— Então, resolve este problema aqui.

Ficava vermelho, olhando feito um tonto para ela.

— Toninho! É muito simples: basta olhar a tabela dos cossenos...

Quando a dona Berta veio com o lanche, minha cabeça estava fervendo. Comecei a comer meu sanduíche. E a Regina só me espiando, com aquele jeito divertido. Depois, sem falar nada, empurrou o sanduíche dela na minha direção.

Voltamos a estudar e liquidamos os problemas num instante. Levantei para ir embora, e ela disse:

— Amanhã, então, te espero pra estudar as subordinadas...

Não foi fácil aprender aquelas matérias que tanto odiava. Mas acabei aprendendo. E tudo graças à Regina. Que paciência ela tinha para me explicar português, matemática, história, geografia...

— Sou burro demais. Não adianta, que não entendo — dizia, desanimado.

— Você não é burro, Toninho. Acontece que ficou muito tempo sem estudar.

Era verdade. Há quanto tempo não ficava em cima dos cadernos e livros como agora! A gente passava quase todas as tardes, lado a lado, estudando. E que ciúmes eu sentia quando aparecia uma colega da Regina, perguntando se não precisava de alguma coisa. Mas ela dizia:

— Obrigada. O Toninho já vem me ajudando.

Quando o doutor Pompeu disse que ela precisava ficar mais uns dias de repouso, confesso que fiquei contente.

— Mas… e a escola? — protestou a Regina.

— Não se incomode com a escola, querida — disse dona Berta. — O Toninho pode continuar te ajudando.

— E minhas rosas, mamãe?

— A gente dá um jeito, filha. Contratamos um jardineiro.

— Se você quiser — eu disse —, cuido pra você.

— Jura, Toninho? Você cuida mesmo pra mim?

— Claro, com o maior prazer.

No outro dia, lá estava eu com uma pá, um regador, cuidando das rosas da Regina. Eu nunca tinha cuidado de plantas em minha vida. E no começo penei bastante. Sem contar que sentia a maior vergonha. Já imaginou se algum colega passasse por ali e me visse adubando a terra, tirando as ervas daninhas? Mas pela Regina eu fazia tudo. Até cuidar de plantas.

Toninho me contou também que, embora estivesse preocupado com a saúde da Regina, sentia-se feliz naquele tempo. Mas essa breve felicidade era logo quebrada quando ele tinha que voltar para casa, onde as coisas iam mal como sempre.

— Sabe, Álvaro, o que é você sair de um lugar onde as pessoas se respeitam, se amam, e cair num outro lugar onde ninguém sabe que você existe? Era como me sentia na casa da Regina e em minha casa. Num lugar, era querido e respeitado, no outro, me sentia como um estranho...

O Toninho balançou a cabeça, pareceu se concentrar e continuou a contar:

Evidentemente, eu não podia continuar com aquela situação insustentável. Estava a ponto de explodir. Até que um dia desabafei com a Regina. Ela me explicava não sei o quê, e eu distraído do lado. Uma hora, ela me perguntou:

— O que foi, Toninho? Por que não está prestando atenção?

— Eu estou prestando...

— Larga de ser mentiroso. Você está distraído.

— Nada, não.

— Se você não me contar o que é, fico ofendida.

Contava ou não contava? A Regina continuava olhando pra mim, esperando que eu começasse a falar. Tomei coragem e disse:

— As coisas que estão acontecendo em casa...

— O que está acontecendo em sua casa?

— Sei lá. Está tudo ruim...

— Como ruim? — perguntou, parecendo espantada.

—Vá, conta pra mim...

Abri o coração para a Regina. Contei o que acontecia em casa, sem esconder um só detalhe. Falei sobre o gênio difícil de papai, das brigas que aconteciam quase todos os dias.

— Não acredito que você tenha feito isso — uma hora ela me interrompeu.

— Pois é, eu fiz.

— Não acredito. Você é uma pessoa tão boa.

— Eu?! Você não me conhece, Regina. Eu não presto.

— Não fala isso, Toninho. Pra falar a verdade, acho que nunca conheci uma pessoa tão boa como você.

— Tão bom que fui capaz de te dizer umas coisas estúpidas...

— Que coisas estúpidas?

Morrendo de vergonha, lembrei a ela um de nossos primeiros encontros:

— Aquele dia em que perguntei por que não achava graça em mim. Te xinguei de "branquela"...

A Regina começou a rir:

— Eu tinha até esquecido. E depois eu sou mesmo branquela...

— Foi uma coisa muito feia. Queria que me desculpasse.

— Que é isso, Toninho? O que passou, passou. Além disso, você estava com a razão quando ficou bravo comigo.

— Como assim?

— Já que está me pedindo desculpas, também queria te pedir desculpas. Menti quando disse que não via graça em você...

Devo ter feito uma cara tão idiota que ela não aguentou e começou a rir. Em seguida, disse:

— Desde o primeiro dia de aula, te achei muito engraçado. Às vezes, me segurava pra não rir. Mas achei que você exagerava um pouco, que fazia aquilo só pra aparecer. E tive certeza disso quando, um dia, olhei pra você e te achei tão triste...

Então, a Regina havia reparado em mim! E eu, tão estúpido, tão idiota, pensando que ela me desprezava! Como tinha podido ser tão burro?

— Eu achava que não valia a pena você ficar bancando o palhaço para aqueles tontos, Toninho. Você é muito melhor que todos eles juntos.

— Tenho minhas dúvidas — eu disse. — Sou um estúpido, um idiota.

— Essa é sua opinião. Te acho uma pessoa muito especial. Gosto muito de ser sua amiga.

Voltamos a conversar sobre minha situação em casa. Fiquei ouvindo, atento, enquanto ela me dava conselhos. Do ponto de vista dela, precisava tratar melhor mamãe e me reconciliar com meu pai.

— Mas ele não quer saber de mim... Me trata como...

— Talvez se sinta intimidado. Se você tentasse uma aproximação...

E eu ia contestá-la? Fosse outra pessoa... Mas, não, era a Regina quem me falava daquele seu jeito sério, pausado e, de vez em quando, temperado por um sorriso luminoso. Como eu podia resistir?

Naquele dia, voltei pra casa feliz como nunca. Mas minha felicidade durou pouco, porque papai chegou bêbado da rua. Para minha vergonha, fez um escândalo na porta, quis brigar com os vizinhos e ainda discutiu com mamãe a noite inteira. De meu quarto, ouvia os gritos dele e o choro de mamãe. E isso só serviu para que me sentisse novamente infeliz. Minha casa era mesmo um verdadeiro inferno.

Pela manhã, eu tinha acabado de tomar o café quando tocaram a campainha. Abri a porta, e meu coração começou a bater mais depressa. Era a Regina.

— Você por aqui?!

— O doutor me deu alta.

Mas o que ela fazia em minha casa assim tão cedo?

— Não está contente de me ver? — ela perguntou.

Ao vê-la sorridente ali no portão, uma coisa me preocupou. E agora? Já que a Regina podia voltar para a escola, não iria mais precisar de mim. Mas, afastando esse pensamento egoísta, eu disse:

— Claro que estou contente! Que ótimo que você esteja boa.

— Você já está pronto?

— Pronto?

— Ué? Você não vai pra escola? Passei aqui pra gente ir junto.

— Ir junto?

— Claro. Não pensa que você vai se livrar de mim assim...

Não, não podia ser verdade. A Regina me procurando para a gente ir junto à escola...

Então, para minha felicidade, aquilo se tornou um hábito. Todos os dias a Regina passava em casa, a caminho da escola. Na sala de aula, sentava do meu lado. Eu tinha dado adeus para sempre à turma do fundão. Com isso, melhorei bastante minhas notas. No fim do mês, ela me abraçou entusiasmada:

— Você conseguiu, Toninho! Você conseguiu!

— Consegui o quê?

— Veja: cinco de português, seis de matemática, seis e meio de geografia...

— Perto das suas notas...

— O que você queria? Mas vamos apostar que até o fim do ano você me alcança?

Saindo da escola, eu sempre a acompanhava. Subíamos a ladeira bem devagar, porque a Regina não podia fazer muito esforço. Deixava-a no portão de sua casa, descia correndo a rua, almoçava às pressas e voltava para junto dela. Ao lado da Regina, me sentia como se estivesse no paraíso... Ela era agora a razão de minha vida.

Às vezes, quando fazíamos a lição, ficava olhando para ela e me perguntava se ela gostava mesmo de mim. Coisa engraçada: eu, que era um cara de pau com as outras garotas, sentia a maior timidez quando estava junto dela. Eu achava que não a merecia e que nunca teria coragem de pedi-la em namoro. Se a Regina dissesse "não" ou dissesse "gosto de você como amigo", sentiria tanta vergonha que nunca mais a procuraria. Por isso, preferia ficar quieto a seu lado. Não tinha o que queria? Por que estragar tudo, desejando uma coisa que não era para mim? Mas de vez em quando esquecia disso e ficava pensando que ela podia ser só minha. E sentia uma vontade de pegar em sua mão, de lhe dar um beijo…

Às vezes, ficava tão alheado que era preciso que a Regina me tirasse daquele sonho de olhos abertos:

— Toninho…

— Ahn?

— O que tanto está olhando pra mim?

— Olhando pra você? Eu não estava olhando…

— Estava olhando, sim, senhor.

Eu nem sabia onde enfiar a cara…

— Escuta uma coisa — interrompi o Toninho —, e a Neuza?

O Toninho me olhou espantado, como se não entendesse a pergunta. Mas logo se recuperou e disse:

— A Neuza? É mesmo, ia me esquecendo... Já conto logo o que aconteceu com ela.

A Neuza... Bem, você deve ter adivinhado que eu nem mais tinha tempo de pensar nela. Pobre Neuza. Era como se a garota não mais existisse para mim.

Mas um dia ela me viu no quintal e veio querer tirar satisfação comigo:

— Como é? Não faz mais ginástica?

— Não tenho tempo. Ando muito ocupado.

A Neuza me olhou com raiva.

— Ocupado com quê?

— Com umas coisas por aí...

— Larga de ser cínico, Toninho. Fala a verdade.

— Estou falando a verdade.

— Pensa que sou boba, é? Você não sai do lado daquela branquela.

Fingi que não tinha ouvido o insulto e disse:

— Estou ajudando a Regina...

— Ajudando? Não me faça rir. Você está é gamado nela.

— E se estiver, o que você tem com isso?

— Não esquece que você ainda é meu namorado!

E, depois, como pode querer me trocar por aquela magricela?

Em outros tempos, eu já teria mandado a Neuza calar a boca. Mas agora não sentia vontade alguma de agredi-la. Por isso, abaixei a cabeça e disse:

— Acho que chegou a hora de a gente terminar.

— Terminar? Sem mais nem menos, Toninho?

— Vamos terminar, Neuza. É melhor pra mim, é melhor pra você.

— Não pode ser verdade, Toninho...

A Neuza esticou o braço por cima do muro e me acariciou o rosto.

— Não pode ser verdade. Diga que me ama, Toninho. Diga.

— Não posso dizer uma coisa dessas, Neuza. Não te amo, nunca te amei.

— Você disse que me amava.

— Eu estava mentindo.

A Neuza me deu um tabefe na cara. Quando ela tentou me dar outro, segurei-lhe o pulso.

— Me larga, seu bruto! Você está me machucando!

Eu sabia que era fita, mesmo assim larguei o braço dela.

— Desculpa, Neuza. Eu estava errado.

A Neuza me xingou de tudo quanto é nome e entrou chorando em casa. Respirei aliviado, porque, afinal, terminava com aquela comédia.

Se eu tinha resolvido meu problema com a Neuza, faltava ainda resolver os problemas de casa. Papai estava cada vez pior. Coitado, dava um duro, trabalhava o dia inteiro, e a gente continuava a viver mal. Mas, se compreendia em parte os problemas do Velho, também não podia aceitar o jeito com que tratava a gente.

Uma noite, ele chegou bêbado em casa de novo e, já da porta, veio reclamando do governo, da crise econômica, dos negócios. Quando se sentou para jantar, reclamou da falta de sal na comida. Mamãe disse que eram ordens do médico. Foi o bastante para ele explodir, dando um murro na mesa:

— Que diacho! Até o médico quer mandar em minha casa!

Para evitar briga, mamãe trouxe o sal da cozinha. Mesmo assim, papai não ficou contente e inventou de reclamar de outra coisa:

— Cenoura? Não aguento mais comer carne moída com cenoura. Por acaso, tenho cara de coelho?

Mamãe começou a explicar qualquer coisa quando, de repente, papai, sempre xingando, jogou o prato de comida no chão. Mamãe se abaixou para limpar a sujeira. Levantei de meu lugar e disse:

— Pode deixar que eu limpo.

Papai olhou com raiva para mim.

— Ah! Então o príncipe vai ajudar a rainha da Inglaterra?

Fiz que não tinha ouvido nada e continuei a varrer o chão, o que irritou ainda mais papai.

— O que vocês estão pensando que eu sou? — ele gritou. — Pois sou eu que sustento esta casa, e vocês não passam de dois vagabundos!

Quando ele disse aquilo, mamãe se ofendeu de verdade. Já tinha ouvido papai gritar com ela, mas xingar daquele jeito nunca. Ele havia passado do limite.

— Otávio!

Papai nem se tocou e continuou a gritar:

— Que Otávio o quê! Estou cansado de bancar o burro de carga e ter como resposta só ingratidão!

— Que ingratidão, Otávio? Que ingratidão?

— Ingratidão, sim! Trabalho feito um doido, chego em casa e só encontro cenoura com carne moída.

— Sabe por que só tem cenoura com carne moída? — disse mamãe com raiva. — Porque não entra dinheiro nesta casa.

— Como não entra?

— Não entra mesmo. Ainda por cima, você chega bêbado...

Quando ela falou aquilo, papai se levantou, jogando a cadeira longe, e gritou:

— Fico bêbado quando quero! Quem é você pra me chamar a atenção?

Mamãe ficou branca que nem cera e recuou.

— Quem você pensa que é, pra me dizer uma coisa dessas? Você está pensando que sou o quê? — Papai, o rosto vincado pela ira, avançou na direção dela.

— Otávio! Você está louco?

— Você vai ver quem está louco!

E papai veio com tudo para cima de mamãe. Mais que depressa, me coloquei entre os dois.

— Sai da minha frente! — ele berrou.

— Pare com isso!

Depois de muitos meses, eram as primeiras palavras que lhe dirigia.

— Quem é você pra gritar comigo? Sai da minha frente!

Papai tentou me afastar. Agarrei-o pelos pulsos e disse:

— O senhor está ficando doido?

Papai parecia um bicho bravo, tentando se libertar de mim com pontapés e cabeçadas. Mas eu era bem mais forte e aguentei o tranco. Uma hora, porém, me cansei daquilo e lhe dei um empurrão. Como estivesse muito bêbado, caiu sentado numa cadeira, que rangeu sob seu peso. Ele me olhou assustado. Comecei então a falar tudo o que tinha vontade de lhe dizer há muito tempo:

— Pô, o senhor chega de fogo quase todos os dias. Ainda por cima, tem a coragem de xingar e levantar a mão pra mamãe! Não dá pra gente viver assim. O senhor não sabe que mamãe anda se matando pra gente comer direito? Não, não sabe nem quer saber de nada. O senhor só quer saber de encher a cara. A gente não tem culpa se os negócios não vão bem.

Papai rangeu os dentes de raiva e tentou se levantar. Empurrei-o de novo para a cadeira.

— Se o senhor quiser encher a cara, se o senhor quiser se danar, tudo bem. Mas não vou deixar que maltrate mamãe!

Ela chorava baixinho. Papai, os lábios cerrados, estava branco que nem cera. Pensei que fosse ter um treco, mas ele acabou baixando a cabeça e ficou quieto. Assim mesmo, lhe dei uma última bronca:

— O senhor fica o dia inteiro fora e não vê o quanto a mamãe está sofrendo por sua causa. Vê se te manca, papai!

Para minha surpresa, ele pôs a cabeça entre os braços e começou a chorar. Foi aí que percebi o quanto ele era infeliz. Percebi também que sob a sua casca de orgulho havia uma ternura que não conseguia ou não queria mostrar. Comecei a sentir dó dele. Pensei em lhe dizer alguma coisa, mas eu também era orgulhoso. Além disso, achava que não era o momento certo, que naquela hora eu tinha é mesmo de ser duro com ele.

Saí da cozinha e fui para o quarto. De lá, ainda escutei papai chorando por algum tempo. Quando o Velho parou de chorar, mamãe começou a conversar com ele. De tão cansado, dormi. Acordei pela meia-noite e ainda ouvi os dois conversando. E só fui dormir sossegado quando afinal escutei ele jurar que ia mudar de vida.

— E você sabe, Álvaro, que o Velho cumpriu mesmo a palavra? Desde aquele dia, nunca mais chegou de fogo em casa. No fundo, papai era um sujeito bom. Hoje, o entendo melhor. Sei que agia daquele jeito porque faltava alguém que lhe mostrasse o quanto estava errado. Por isso valeu a pena a dura que dei nele. Acho até que se fosse mamãe que fizesse isso, nem daria confiança. Na verdade, o Velho me amava e respeitava à beça. Mas eu precisava mostrar a ele que também o amava e respeitava. E, acredite se quiser, a melhor maneira de mostrar isso foi fazendo o que eu fiz.

O Toninho me serviu mais cerveja e contou que, a partir daquela briga, as coisas melhoraram bastante em casa. O dinheiro continuava pouco, mas seu Otávio nunca mais maltratou dona Elvira. Quanto ao Toninho, embora ele não o ofendesse mais, também não lhe dirigia a palavra. Mas parecia que era de vergonha, porque, toda vez que seus olhares se cruzavam, de imediato, o pai desviava o olhar.

Uma noite, para surpresa de Toninho, ele viu a mãe se aprontando para sair. Muito sem graça, como se lhe devesse uma explicação, ela disse que ia ao cinema com seu Otávio.

— Se eu lhe dissesse há quantos anos aqueles dois não saíam juntos, você não ia nem acreditar... — disse o Toninho balançando a cabeça.

Mas não foi só isso: outra coisa que o Toninho estranhou foi que a mãe parecia mais vaidosa. Todas as noites, antes de seu Otávio chegar, ela trocava de roupa, passava batom... Sem contar o jeito com que se tratavam agora: era um tal de "meu bem" para cá e para lá, "meu querido", "minha querida"...

E, com isso, conforme ele me disse, finalmente sua casa começou a se parecer com um lar de verdade.

Uns dias depois a Regina teve outra de suas crises. Ela estava na aula de matemática, resolvendo um problema na lousa, quando, de repente, parou de escrever, pôs a mão na cabeça e caiu. Foi uma correria na escola para acudi-la. Mas, desta vez, tiveram o bom senso de chamar uma ambulância, e ela foi levada direto para o hospital.

Como da outra vez, fiquei aguardando na sala de espera. Quando dona Berta chegou, estava tão nervosa que nem me cumprimentou direito. Mas não demorou muito, ela voltou e me perguntou aflita:

— Toninho, por favor, qual é o seu tipo de sangue?

— Tipo O, e o Rh é positivo — eu disse.

Ela deu um suspiro de alívio.

— Ainda bem. A Regina precisa urgente de uma transfusão.

— Pode contar comigo — levantei, oferecendo meu braço.

— Graças a Deus, Toninho. Vamos lá pra dentro.

A Regina estava precisando mesmo de mim! Embora estivesse preocupado com o estado dela, não podia esconder minha alegria. Que felicidade saber que meu sangue ia correr nas veias da Regina!

Depois de tirar o sangue, voltei para a sala de espera. A noite chegou e nem quis voltar para casa. Passei grande parte do tempo só pensando nela. Era uma enfermeira ou um médico passar, e eu perguntava:

— E a Regina, como vai?

— Melhor, a febre vem baixando.

Só com a insistência de dona Berta é que voltei para casa. Mamãe me esperava aflita. Isso era novidade, porque antes ela nem ligava para a hora que eu chegasse.

Enquanto jantava, lhe contei o que havia acontecido. Mamãe acabou me acalmando, dizendo que, se a Regina não tinha febre, o pior havia passado. Fui dormir mais sossegado. Mas naquela noite tive pesadelos horríveis. Via a Regina, branca como cera, deitada numa cama, com os braços cruzados no peito, e coberta de rosas. Eu tentava em vão despertá-la, mas ela permanecia de olhos fechados.

Acordei de madrugada, todo suado, e senti uma angústia tão grande que não consegui mais dormir. Para me acalmar, vesti um short e corri até os limites da cidade.

Quando amanheceu de vez, telefonei para o hospital. Dona Berta atendeu e disse que a Regina ia ficar uns dois dias internada.

Naquele dia, nem assisti às aulas direito, de tão ansioso que estava. Foi bater o sinal, e fui correndo para o hospital.

— Que bom que você veio — disse a Regina me beijando.

— Vim direto da escola...

— Quer dizer que não comeu nada — disse dona Berta.

— Não tem importância.

— Claro que tem importância.

Dona Berta pegou o telefone e pediu um almoço para mim. Em seguida, ela disse:

— Regina, vou até o banco. O Toninho lhe fará companhia, não é?

Dona Berta foi até a porta, mas, antes de sair, voltou-se e disse:

— E, por favor, Regina, coma todo o almoço. Você precisa se alimentar bem.

A enfermeira entrou com a bandeja. Começamos a comer, e a Regina disse:

— Estou sem vontade alguma de comer...

— Você precisa comer.

A Regina pegou um pouco de purê com o garfo e ficou balançando aquilo no ar.

— Toninho...

— Ahn? — respondi com a boca cheia.

— Se eu te pedir um favor...

Adivinhando o que era, fui logo dizendo:

— Não, não, não. Você tem que comer.

— Por favor, Toninho. Estou sem fome.

— Então, não come, ué.

— Se não comer, mamãe vai ficar zangada.

— Mas, Regina, você precisa comer.

A Regina começou a rir.

— Que comer o quê! Você me deu tanto sangue que estou empanturrada.

— Você é uma vampira. Meu sangue vai te dar indigestão.

Ela riu tanto que chegou até a chorar.

— Você é mesmo doido, Toninho — disse ela, limpando as lágrimas.

Acabei de comer e disse:

— Tudo bem, me passa a sua bandeja.

Limpei também o prato da Regina, enquanto ela me espiava com aquele olhar divertido. Mas dessa vez não fiquei encabulado, porque sabia que ela não estava se divertindo à minha custa. É que a Regina gostava de me ver comer. Um dia me explicou que, sendo tão fraca, sentia a maior admiração por minha saúde, por minha força.

— Pronto — empurrei o prato —, sua mãe não vai poder te dar bronca.

A Regina deu um sorriso triste:

— Toninho, chega aqui pra mais perto de mim.

Aproximei a cadeira, ela me pegou a mão.

— Agora, tenho uma parte de você correndo dentro de mim.

Baixei a cabeça, e ela tornou a falar:

— Gosto tanto de você, Toninho...

Senti uma felicidade tão grande quando ouvi aquelas palavras. Eu amava a Regina e, agora, tinha certeza de que ela me amava também. O que mais podia querer na vida?

Por exigência do doutor Pompeu, a Regina teve de ir para São Paulo. Ela precisava fazer uns exames especiais que não havia em Americana. Para aumentar minha aflição, uma noite recebi um telefonema de dona Berta, dizendo que elas não voltariam tão cedo.

— Infelizmente, temos de ficar mais uma semana.

— É coisa grave o que ela tem?

— Não... não... — dona Berta pareceu hesitar —, não é nada grave. Dentro de poucos dias, estamos de volta.

Eu não sabia por quê, mas desconfiei de que dona Berta estava mentindo.

— A Regina mandou um beijo pra você. Disse que está morrendo de saudade.

Desliguei o telefone e fiquei ali sentado, só pensando nela.

— O que foi, Toninho? Aconteceu alguma coisa?

Eu estava tão imerso em meus pensamentos que nem havia percebido que mamãe estava perto de mim.

— Nada, não, mamãe...

— Você parece tão preocupado...

Fiquei em dúvida se lhe contava o que estava acontecendo ou não. É que não estava acostumado a falar com mamãe. Na verdade, não tinha confiança nela. Olhei para ela e achei que estava sendo injusto. Por que não lhe contava o que estava acontecendo?

— É a Regina...

— A Regina? O que houve?

— Ela está com uns problemas.

— O que ela tem?

— Não sei, mamãe. Ela foi pra São Paulo fazer uns exames médicos. Ninguém sabe direito o que é.

—Vai ver que não é coisa grave.

— Sei lá... Ela não come direito, parece sempre cansada.

Mamãe me disse que talvez a Regina estivesse com anemia.

— Isso se resolve com superalimentação. Não fique preocupado.

Mas como podia deixar de ficar preocupado? Mamãe sentou-se a meu lado, me abraçou e disse:

— Você gosta muito dela, não é?

Senti de novo a angústia apertar meu peito e disse:

— Gosto, mamãe. Eu adoro a Regina.

Quando a Regina voltou, eu já andava meio doido. Sentia tanta saudade! Quantas e quantas vezes, mesmo sabendo que ela não estava em Americana, fui à sua casa. Ao dar com a porta fechada, sentia uma tristeza... Mas não perdia a viagem. Aproveitava para cuidar das roseiras, que estavam cada dia mais bonitas. Até que uma tarde recebi um telefonema dela.

— Oi, Toninho! Acabei de chegar.

Ela estava de volta! Ela estava de volta! Subi correndo a ladeira, enquanto repetia aquelas palavras.

— Como vai, Toninho? — dona Berta me abraçou. — A Regina nem bem chegou, e a primeira coisa que fez foi telefonar pra você.

Foi entrar no quarto da Regina e levei um choque. Como ela havia emagrecido! É bem verdade que sempre foi magra, mas agora era demais. Estava muito pálida e em volta de seus olhos havia uma sombra. Procurei disfarçar o meu espanto e corri para abraçá-la.

— Que bom, Regina! Estou tão feliz porque você voltou.

Ela me disse com tristeza:

— Estou feia, não é?

— Que feia o quê, Regina! Você está linda.

— Não mente pra mim, Toninho. Pareço um palito...

Ela me contou que quase tinha ficado doida com tanto exame.

— Olha meu braço, como está furado. Todo dia tinha que tirar sangue e tomar injeção.

Quando dona Berta trouxe o lanche de costume, como sempre, Regina se recusou a comer. Só que dessa vez nem procurou esconder da mãe.

— Não consigo... Sei que preciso comer, mas, só de ver a comida, me dá enjoo.

Dona Berta mediu-lhe a temperatura.

— Estou com febre, mamãe?

— Um pouquinho...

Levantei da cadeira.

— Não vai ainda, não — me disse a Regina. — É cedo.

Dona Berta já havia entrado e saído do quarto umas duas vezes. Achei que a Regina precisava de descanso.

— Amanhã eu volto — prometi.

Na hora da janta, nem toquei no prato. Minha cabeça ainda estava na casa da Regina. Fiquei o tempo inteiro pensando naquela doença que a consumia pouco a pouco. Para não sofrer mais ainda, inventava para mim mesmo que tudo não passava de uma simples anemia e que, dentro de poucos meses, ela estaria curada.

Foi nessa época que, por iniciativa minha, voltei a ajudar papai nos negócios. Percebi que ele andava muito ocupado viajando, e me ofereci para receber e pagar as duplicatas.

O engraçado é que a gente continuava sem conversar. Todo o acordo se deu por intermédio de mamãe. Papai deixava as duplicatas e o dinheiro com ela, eu ia aos bancos, aos clientes e fornecedores, efetuava os pagamentos, recebia, e mamãe acertava com papai.

No fim da tarde, sempre ia à casa da Regina. Quantas e quantas vezes ela estava me esperando no portão...

— Como você demorou! — me abraçava e beijava.

A gente se sentava no banco do jardim, e ela contava tudo o que tinha feito durante o dia. Não era nada de especial, mas eu adorava ouvi-la. Parecia que fazia muitos e muitos anos que a gente não se via.

Mas eram raros os dias em que a Regina estava bem. A maior parte do tempo permanecia sentada numa poltrona, com um cobertor sobre os joelhos. O menor esforço a deixava cansada.

Como eu sofria em vê-la nesse estado. Mas fazia de tudo para esconder meus sentimentos. Contava-lhe piadas, as últimas da escola. Só faltava dar piruetas pelo quarto.

Um dia, tomei coragem e perguntei para dona Berta, quando estávamos a sós:

— Dona Berta, afinal, o que a Regina tem?

— A Regina... — ela pareceu hesitar.

— É coisa grave?

Dona Berta respirou fundo e, depois, disse com determinação:

— Pra te falar a verdade, é grave, sim. Mas... mas não é tão grave que não tenha cura. Os médicos disseram que, com bastante repouso, alimentação, ela pode se recuperar.

Não sei por que, mas achei que dona Berta não estava falando com muita convicção.

— Mas que doença ela tem?

— Uma espécie de leucemia.

Fiquei com vontade de perguntar o que era leucemia, mas acabei não perguntando. Primeiro, porque achei melhor não saber mais do que sabia. Segundo, porque percebi que dona Berta não queria continuar falando daquele assunto. "Quando tiver tempo, vou à biblioteca dar uma olhada numa enciclopédia", pensei comigo mesmo.

Mas acabei não indo. Alguma coisa dentro de mim não queria saber o que era leucemia.

Vieram as férias, e a Regina não melhorou. Eu passava a maior parte do tempo ao lado dela. A Regina punha sua mão fria e úmida sobre a minha e dizia:

— Quando acabarem as férias, estarei bem melhor. Então, iremos de novo à aula juntos.

Mas vieram as aulas, e a Regina não saiu do quarto. No primeiro dia, fui para a escola completamente desanimado. Sentia falta da presença dela a meu lado.

Depois da aula, fui à casa da Regina. Como sempre, continuava sentada no sofá, com um cobertor sobre os joelhos. E, como sempre também, Dona Berta insistiu para que ela comesse.

— Não quero, mamãe. Não estou com fome.

— Mas você precisa comer, minha filha.

Dona Berta olhou para mim com a maior expressão de desânimo.

—Veja se convence a Regina a comer, Toninho. Você tem tanto jeito.

A Regina começou a rir.

— É mesmo, mamãe. Quando o Toninho fica comigo, eu como tudo, não é verdade?

Mas ela parou logo de rir, como se se sentisse muito cansada.

— Tive febre esta noite, e mamãe não quis que eu fosse à escola. Mas amanhã vou de qualquer jeito.

— Ir como, Regina? — perguntou dona Berta.

— Uma febrinha de nada, mamãe. Amanhã já estou boa.

Mais tarde, quando dona Berta teve de sair, recomendou à ela que tomasse os remédios na hora certa e que comesse todo o lanche.

— Está bem, mamãe, está bem, mamãe — disse com impaciência.

Ficamos sozinhos. Segurei a mão da Regina. Sem que eu esperasse, ela aproximou a cabeça de mim, me beijou e me disse junto ao ouvido:

— Te adoro, Toninho.

Apertei-a contra mim, e ficamos longo tempo abraçados, coração contra coração. Como eu queria que aquele instante durasse pra sempre!

Uma hora, a Regina disse que queria escutar uma música.

— O que você quer ouvir?

— Qualquer coisa... Bota um disco dos Beatles.

E começamos a ouvir *And I love her*. A canção falava de um garoto que amava muito uma garota. Por isso mesmo, ele dizia que lhe daria todo seu amor e que esse amor, de tão intenso, nunca poderia morrer. Também ele dizia que, enquanto ela permanecesse junto a ele, as estrelas brilhariam intensamente no céu escuro... A letra da canção, com o acompanhamento da guitarra, compondo uma linda e envolvente balada, fazia meu coração bater mais forte, sobretudo nos momentos em que a voz de Paul McCartney repetia o refrão "And I love her". Ao final da canção, a Regina pediu para eu colocar a música de novo, mas desta vez dizendo que queria dançar comigo.

— Me ajude a levantar — ela falou, apoiando-se em mim.

Voltei a colocar a música, abracei-a e saímos dançando ao som da voz de Paul McCartney.

— Põe de novo a música, Toninho. Estava tão gostoso.

Dançamos umas três vezes. Toda vez que a música terminava com os versos "I know this love's mine/Will never die", sentia um aperto no coração. E eu abraçava a

Regina o mais forte que podia. Ela parecia uma pluma de tão leve. Não, eu pensava, a Regina não podia estar mal. Era tudo mentira.

Eu estava tão comovido que, da última vez que dancei com ela, não consegui segurar as lágrimas. Tentei esconder que estava chorando, mas a Regina acabou percebendo. Ela parou de dançar e me perguntou:

— Que que foi, Toninho?

— Nada, não, Regina...

— Fala, Toninho.

— Gosto tanto de você...

— Então, não chora, seu bobo. Também gosto muito de você.

— Promete que nunca vai me deixar, Regina?

— Preciso prometer isso, Toninho? Você é a pessoa que mais adoro no mundo.

Ela disse que estava cansada. Ajudei-a a sentar-se na poltrona e a cobri com o cobertor, porque ela sentia muito frio. Mas o estranho é que, apesar disso, não parava de suar.

— Estou com tanto sono.

Sentei-me ao lado da Regina, segurando-lhe a mão. Como estava quente! Não demorou muito, e ela dormiu. Fiquei ali sentado, quase sem respirar, com medo de acordá-la.

Quando dona Berta chegou, foi logo me perguntando:

— Como ela está?

— Acho que tem um pouco de febre.

Dona Berta pôs a mão na testa da filha. Pela cara que fez, desconfiei que alguma coisa não ia bem.

— Acho melhor telefonar pro doutor Pompeu.

Beijei Regina e levantei-me para ir embora.

— Volto amanhã — disse, despedindo-me de dona Berta.

No outro dia, quando cheguei da escola, havia um recado de papai. Ele me perguntava se eu podia ir com urgência até Carioba olhar um lote de tecidos. Pensei em Regina, mas pensei também que podia resolver rapidamente o negócio e ir depois à casa dela.

Mas as coisas se complicaram. Fui de bicicleta até Carioba. Chegando lá, tive de esperar um tempão até que o homem do depósito chegasse. Quando ele chegou, ainda perdemos tempo discutindo preços. Naquela época, de tanto pagar e receber duplicatas, já estava mais ou menos por dentro do negócio. Por isso, não fui na conversa do seu Natale.

— Você é pior que seu pai, hein? — uma hora ele me disse, dando uma risada.

— É o que a gente pode pagar, seu Natale.

Ele pensou um pouco, coçou a cabeça e disse:

— Está bom, fica pelo seu preço.

Depois, seu Natale disse que a gente precisava pegar a mercadoria em Sumaré.

— Em Sumaré?! Pensei que fosse aqui.

— Aqui só tenho as amostras, como você pode ver.

E toca a gente ir pra Sumaré. Mas, quando a gente chegou lá, foi a maior dificuldade achar o encarregado do depósito.

Eu estava tão ansioso para ir embora! E seu Natale ali falando com a maior calma que o mundo não ia acabar, etc. e tal. E isso me fazia ficar mais nervoso ainda.

Por fim, carregamos a perua. No caminho, furou um pneu. Para piorar ainda mais as coisas, seu Natale não tinha estepe! Quando, afinal, conseguimos trocar o maldito pneu, era quase meia-noite. E, em Americana, ainda tivemos que descarregar a perua numa salinha que papai havia alugado.

Cheguei em casa morto de cansaço. Eu estava bastante chateado, porque não tinha visto a Regina naquele dia.

Para minha surpresa, mamãe me esperava acordada. Pela cara dela, logo fiquei sabendo que algo não ia bem.

— O que foi? — perguntei alarmado.

Mamãe me abraçou e disse:

— Toninho, meu querido...

Afastei-a de mim e tornei a perguntar:

— O que foi, mamãe? Anda, diga!

— A Regina, Toninho. Ela...

Nem esperei mamãe acabar de falar e saí correndo feito um louco. Cheguei à casa da Regina, quase sem fôlego.

Havia um monte de gente logo na entrada. Passei empurrando as pessoas, atravessei a sala, subi as escadas até o quarto dela. E da porta mesmo a vi deitada, os olhos fechados, as mãos cruzadas no peito. Dona Berta, sentada a seu lado, chorava sem parar.

Foi a última vez que vi a Regina. Saí da casa dela como um zumbi. Eu não sabia para onde ir, por isso comecei a andar a esmo, e quando dei por mim, estava já nos limites da cidade.

As lembranças daquela noite não estão muito claras dentro de mim. Sei que entrei num boteco e comprei uma garrafa de pinga. Depois, acho que pulei umas cercas de arame farpado. Sempre bebendo, andei pelos pastos até cansar. Quando perdi o fôlego, caí exausto, junto de uma árvore. A cabeça girando, deitei de costas e senti como se o mundo tivesse acabado.

Eu nem conseguia chorar. Um cansaço absurdo tomou conta de mim. Eu queria dormir, dormir para sempre.

Fui acordar com o dia clareando, completamente molhado. Havia chovido, e eu tremia de frio. De início, não entendi o que estava fazendo ali, mas logo me lembrei do que havia acontecido. Comecei a chorar e só consegui me levantar com muito esforço. Minha cabeça girava, girava. Então, dobrei o corpo para o chão e vomitei.

Voltei para casa morrendo de frio e tremendo de febre.

Toda aflita, mamãe me esperava. Quando me viu, correu a meu encontro e me abraçou. Me sentia como uma criança perdida. A única coisa que dizia era:

— Por que, mamãe? Por quê?

Mal me podia ter nas pernas. Meu corpo inteiro doía, eu tremia da cabeça aos pés. Deixei mamãe me levar até o quarto e caí exausto na cama. Acho que perdi os sentidos. Fiquei uma semana inteira deitado. Depois, mamãe me contou que delirei o tempo inteiro, falando coisas incoerentes.

Quando voltei do delírio, me recusei a comer. Se não fosse a paciência de mamãe, que me dava os remédios e me fazia beber um pouco de sopa, não sei o que teria sido de mim.

Recuperei um pouco as forças, mas continuava ainda de cama. Passava os dias olhando para o teto, sem ânimo para nada. Só sentia vontade de chorar, e chorava até me cansar.

Papai, de vez em quando, parava na porta do quarto, olhava para mim por um longo tempo e saía sem dizer nada. Eu não tinha nada contra ele, mas também não queria ninguém por perto. Queria sofrer a minha dor sozinho, como se nada mais me importasse na vida.

Mas um dia dona Berta veio me visitar. Quando ela me abraçou, comecei a chorar.

— Não fica assim, meu querido. Não fica assim...

Dona Berta me beijou e disse:

— Ela também gostava muito de você. Ela...

Foi a vez de dona Berta chorar. Mas ela se recuperou logo, assoou-se com um lenço e disse:

— E você? Quando se levanta daí?

Dei um soluço, voltei o rosto para a parede e disse com raiva:

— Levantar pra quê?

Dona Berta me segurou pelos ombros e me obrigou a encará-la.

— Toninho, você não pode fazer isso. A vida é um bem inestimável.

— A vida é uma droga!

— Não era o que a Regina pensava, apesar de doente, apesar de saber que ia morrer...

— Como assim, dona Berta?

— Ela sabia, Toninho. Eu sei que ela sabia. Mas fez de tudo pra que ninguém desconfiasse disso.

Dona Berta voltou a assoar-se e disse:

— Por isso que você não pode ficar desse jeito. Você acha que a Regina ia gostar?

Fiquei quieto, segurando o choro.

— Responda, Toninho. Você acha que ela ia gostar?

— Não, acho que não... — disse com muito esforço.

— Então, o que está esperando? Você deve viver, em nome do amor que teve pela Regina...

Naquela noite, tive um sonho com ela. Sonhei que estava num roseiral imenso. Havia rosas que não acabavam mais, e todas brancas. Brancas como a Regina. No meio do roseiral, ela me esperava sorrindo e com os braços abertos. Corri a seu encontro e lhe disse, magoado:

— Você prometeu que não ia me deixar.

Ela me abraçou.

— Mas eu não te deixei, amor. Não te deixarei jamais.

Regina aproximou-se pra me beijar, e eu acordei.

E o peso de sua ausência fez com que eu me sentisse tão só. Pus a cabeça entre os braços e chorei até que meus olhos ardessem.

Quando, afinal, me levantei, talvez por influência do sonho, senti como se houvesse um forte cheiro de rosas no ar.

Nos primeiros dias desde que saí da cama, mal conseguia ficar de pé. Passava a maior parte do tempo sentado numa poltrona, com um cobertor sobre os joelhos.

Graças à mamãe, que me forçava a tomar os remédios e a comer, logo me recuperei. Pelo fim do mês, pude ir à escola.

E uma tarde, tomando coragem, fui visitar a Regina.

Na entrada do cemitério, minhas pernas tremeram. Respirei fundo e segui em frente. Parei diante do túmulo da Regina. Como ela estava linda no retrato oval, com aquele seu sorriso triste... Ajoelhei-me e troquei as flores do vaso.

E subitamente me baixou o desespero. Comecei a chorar e disse:

— Regina, meu amor... Por que você me deixou? Você tinha prometido que ficaria comigo pra sempre...

Como um doido, conversei com ela um tempão. E terminei por fazer uma promessa:

— Eu juro, Regina, eu juro que vou viver. Por você, só por você.

Levantei-me e saí do cemitério. De lá, fui para a casa dela. Apertei a campainha. Dona Berta veio a meu encontro, me abraçou e disse:

— Que bom que você esteja melhor.

— Queria continuar cuidando das roseiras — eu disse.

— Que bom, Toninho! A Regina gostava tanto delas.

Peguei o ancinho, o adubo e comecei a trabalhar. Passei horas debruçado sobre os canteiros. O mato havia crescido, e as roseiras estavam murchas com a falta d'água. Adubei a terra, arranquei as ervas daninhas, como havia me acostumado a fazer.

De repente, alguém se inclinou sobre mim. Estremeci e ergui o rosto. Era dona Berta, olhando para mim de um jeito que me fazia lembrar a Regina. Segurei um soluço.

— Trouxe um lanche pra você.

Na bandeja, havia dois sanduíches e uma jarra com suco de laranja.

— Por que dois? — perguntei.

— Você costumava comer dois, não é? — ela disse.

— Então, a senhora sabia que a Regina...

Os olhos de dona Berta encheram-se de lágrimas. Ela sentou-se no banco e balançou a cabeça dizendo que sim.

— Sim, eu sabia. Mas a pobrezinha ficava tão feliz me enganando. O que eu podia fazer?

Lavei as mãos na torneira, me segurando para não chorar. Sentei ao lado de dona Berta e comecei a comer.

Na primavera, os botões desabrocharam. Eram rosas pálidas e perfumadas como a Regina.

Um sábado, pela primeira vez em muito tempo, papai me dirigiu a palavra:

— Toninho...

Olhei assustado para ele. Acho que era a falta de costume em ouvi-lo falar meu nome.

— Está um dia bonito. E se a gente fosse pescar?

"A gente pescar?", pensei. "Papai me convidando pra pescar?"

— Pescar? Nem temos vara.

— Isso não é problema, a gente arranja. Que acha da ideia?

— Tudo bem. Se o senhor quiser...

— Claro que eu quero. Vamos pegar uns lambaris pra janta.

As varas no ombro e um embornal com lanche, saímos da cidade. Passamos por cercas de arame farpado, cortamos uns pastos e, finalmente, sentamos num barranco, à margem de uma lagoazinha.

Ficamos em silêncio por muito tempo. Parecia que a gente tinha perdido o hábito de conversar.

Papai pegou um lambari, eu peguei dois. Lá pelas tantas, papai abriu o embornal e me deu a metade de um pão com mortadela. Voltamos a pescar. Com os farelos do pão que caíram na água, apareceram mais lambaris. Peguei uns três; papai, uns quatro.

De repente, sem que eu esperasse, papai me disse:

— Toninho, eu queria te consultar sobre uma coisa...

"Papai me consultando?!", pensei, surpreso.

— O que você acha do seu Nagibe?

— Seu Nagibe?

Papai deu um suspiro.

— Briguei com o homem por causa de ninharia...

Por que uma história de amor triste, quando geralmente as pessoas costumam ligar o amor à alegria, à felicidade? Mas será que é sempre assim? Às vezes, o amor não é responsável por nossa tristeza, ou não tem mesmo uma consequência triste?

Assim, o motivo que me levou a escrever um livro triste foi porque talvez quisesse cativar meu leitor com a tristeza, um sentimento que também faz parte da vida e que é tão importante quanto a alegria... Além disso, em meu livro, esse sentimento acaba tendo um resultado positivo: não é ele o responsável pelo crescimento interior de Toninho, a personagem central do livro? Afinal, Toninho consegue superar o choque da morte de Regina e reconcilia-se consigo próprio, com a família e com a vida, o que não é uma coisa muito fácil.

Pois é, caro leitor, espero que você se encante com esta minha história. Apesar de triste, *Para tão longo amor* é um livro que fala da dignidade humana, da amizade e, sobretudo, do amor — coisa tão rara nos dias de hoje.

Álvaro Cardoso Gomes

Para obter mais informações sobre o autor:
e-mail: alcgomes@uol.com.br

Autor e obra

Tenho cinco filhos, três garotas e dois garotos, quatro gatos, quatro cães, muitos livros publicados (uns setenta, mais ou menos) e anos de carreira como professor de literatura, na universidade. Alguém poderia pensar que sou uma pessoa realizada. Mas sinto de tudo na vida, menos que me realizei. Sou inquieto por natureza (talvez por ser do signo de Áries…) e estou sempre querendo fazer mais do que fiz. Por exemplo, escrever outros livros, cada um diferente do anterior. Eu me esforço ao máximo para fazer de cada livro uma coisa única, especial.

Acho que foi assim que nasceu este *Para tão longo amor* (cujo título me foi inspirado pelo belíssimo soneto de Camões, "Sete anos de pastor Jacó servia"). A história, como em muitos de meus livros (*A hora do amor*, *Amor & cuba-libre*, *Amor de verão* etc.), passa-se na cidade paulista de Americana, onde vivi a adolescência, e algumas de suas personagens já são conhecidas de meus leitores. Mas *Para tão longo amor* é um livro diferente, porque é uma história de amor um tanto triste, um pouco trágica.

Papai me olhou comovido e disse:

— E você tem sido um bom filho...

Em seguida, ele se aproximou mais de mim e disse:

— Mas voltando ao negócio da loja. Tem o seguinte. Preciso de alguém de confiança pra me ajudar. Uma espécie de gerente... Estava pensando em você. O que acha da ideia?

— Não sei se sou capaz...

Papai me deu um tapa no ombro.

— Claro que é capaz! Naquele negócio de Carioba, você levou seu Natale na conversa. Nem eu conseguiria aquele preço! Preciso de alguém assim. Hã? O que acha?

— Se o senhor pensa que vale a pena, eu aceito.

Papai gritou de tão contente:

— Vamos fazer uma dupla fantástica! Otávio Fonseca & Filho. Já pensou? Sua mãe vai ficar felicíssima.

Papai me abraçou com força, sempre falando de seus planos. Eu mal o ouvia, pois ainda tinha a cabeça envolta em dolorosas recordações. Mas, pelo menos, o calor do braço de papai sobre meus ombros serviu para atenuar o peso daquela dor que parecia insuportável.

— Acho seu Nagibe um cara legal.

Eu não estava mentindo. Seu Nagibe, apesar de estourado, era uma pessoa decente. E ninguém dizia o contrário na cidade.

— Sabe, sem que pedisse nada, ele me ofereceu um empréstimo pra eu montar uma loja...

— O que seu Nagibe quer em troca?

— Uma parte dos lucros. É um negócio bom, ele está querendo ajudar.

Papai puxou a vara, trocou a minhoca do anzol e perguntou:

— Então, o que acha?

— Legal, papai. O senhor entende como ninguém do assunto. Acho uma boa ideia.

— Você está dizendo que vale a pena aceitar dinheiro do homem?

— Acho. Se o senhor tiver liberdade...

— Plena liberdade. De fazer os negócios que quiser. O Nagibe não impôs nenhuma condição.

Papai pegou mais um lambari. Enquanto tirava o peixe do anzol, disse que estava cansado de ficar andando para cima e para baixo, feito um cigano, sem nunca ver a cor do dinheiro.

— E, depois, preciso tomar juízo. Não sou mais criança. Sua mãe merece uma vida melhor.

— O senhor também merece uma vida melhor, papai. O senhor vem dando um duro nestes anos.

125